橘子红了

琦君 著

长江出版传媒
长江文艺出版社

图书在版编目（CIP）数据

橘子红了 / 琦君著. --武汉：长江文艺出版社,
2022.11(2024.10 重印)
ISBN 978-7-5702-2795-2

Ⅰ.①橘… Ⅱ.①琦… Ⅲ.①中篇小说－小说集－中国－当代②短篇小说－小说集－中国－当代 Ⅳ.
①I247.7

中国版本图书馆 CIP 数据核字(2022)第 122606 号

《橘子红了》，经权利人授权在中国大陆地区独家出版发行

橘子红了
JUZI HONG LE

责任编辑：张远林　　　　　　责任校对：毛季慧
封面设计：璞茜设计　　　　　　责任印制：邱　莉　杨　帆
插　　画：吴福运

出版：长江出版传媒　长江文艺出版社
地址：武汉市雄楚大街 268 号　　邮编：430070
发行：长江文艺出版社
http://www.cjlap.com
印刷：湖北恒泰印务有限公司

开本：880 毫米×1230 毫米　　1/32　　印张：6　　插页：1 页
版次：2022 年 11 月第 1 版　　　　　2024 年 10 月第 2 次印刷
字数：85 千字

定价：28.00 元

版权所有，盗版必究（举报电话：027—87679308　87679310）
（图书出现印装问题，本社负责调换）

CONTENTS 目　录

爱·哀愁

/001

橘子红了

/003

钱塘江畔

/080

爱·孤独

/101

长沟流月去无声

/103

梅花的踪迹

/130

爱·浮世

/155

阿　玉

/157

爱·哀愁

琦君

我走进园角那间堆杂物的小屋，找出个小竹篮挽在手臂上，就开始摘橘子。……嘴里数着："一双、两双、三双、四双……"

橘子红了

1 乡下的家

书房壁上的古老自鸣钟,有气无力地敲了四下,我抬头看,指针却指的是五点。本来就是由它高兴的。但无论如何,我起码已经读了两个钟头的书。先生吩咐我做的读书笔记已用心做了。并将上午教过的"论孟左传"

统统温习一遍，自己喜欢的《吊古战场文》更是背得滚瓜烂熟。那一片"平沙无垠""风悲日曛"的苍凉古战场，仿佛就在眼前，心头不免戚戚然。

光线有点暗，我想拉开抽屉取出蜡烛点上，却怕吵醒酣睡中的先生。他多睡一会儿我就多一会儿自由自在。我也怕抽屉里的蟑螂蚂蚁，那都是他吃剩的甜糕引来的。他说"一粥一饭，当思来处不易"，所以什么吃剩的东西，都塞在抽屉里面。

先生教书很严，大伯特地把他请来盯着我教，是担心我在乡下会变成个野姑娘。其实我跟着大妈才不会变成野姑娘呢。大妈讲话斯斯文文，心地厚道，待人和气，她忧愁起来只一声不响捂着胸口喊心气痛，高兴起来也常给我讲古典，讲她年轻未出嫁时的事儿给我听。跟着大妈真是快乐。

我还有个六叔，在城里念师范。礼拜天总回来陪我聊天，带许多新文艺小说和杂志报纸给我看，他说这样思想才跟得上时代。六叔是大家欢迎的人，大妈也喜欢同他谈天说地。他穿一身笔挺的藏青学生装，梳西发，好英俊神气。长工阿川叔说他是"读书人"，读书人就是有肚才，连下象棋的架势都跟种田人不一样。

先生这几天伤风头痛，没有精神教我。他在灰土土的四方帐里睡得打呼。我索性把窗户关起来，合上书，蹑手蹑脚地走出书房，从走廊边门一溜烟跑到橘园里，顿觉眼前一亮，一股清新的空气直透心肺，古战场凄凄惨惨的景象马上消失了。

抬头望远处，红日衔山，天边一抹金红，把一树树的橘子都照亮了。橘子还是青的，结得很密。六叔告诉过我，要把每一枝上小的橘子摘掉，剩下大的，才会长得又大又甜。我已经偷偷地摘过好几回，大妈知道了是舍不得的，她说那样会造孽。其实摘下来的晒干了可以泡茶喝，很香。大妈心气痛起来，一喝橘茶就好。

我走进园角那间堆杂物的小屋，找出个小竹篮挽在手臂上，就开始摘橘子。把一个个比黄豆大不了多少的青绿橘子摘下，丢在篮子里，嘴里数着："一双、两双、三双、四双、五双……"五双不就是十个吗？我是学着大妈，她数什么都是成双做对地数，数到单数，她一定说"多半双"，我偏说"多一个"。

我才数到十八双多一只呢，却远远听见大妈在走廊里喊："阿娟，帮我去鸡窝里捡蛋，我等着炒呢。"

我没做声，真不愿去鸡窝捡蛋。鸡窝在猪栏边，那股气味真不好闻。但是大妈连声地喊,我只好进去了。把篮子搁在厨房四方饭桌上,却忘了把橘子藏好,就去猪栏边捡蛋。捧着回来放在灶头一个大碗里说:"今天只有两双半,小母鸡不肯生蛋。"

"五子登科。"大妈马上说,"不要乱讲小母鸡不肯生蛋,还没到时光呀!"

她又看看篮子问:"你怎么又摘下这么多青橘子?"

"这都是长不大的疬丁橘呀!"我顽皮地说。

"疬丁"是阿川叔最最爱讲的,凡是长不大的都叫疬丁。疬丁仔、疬丁鸡、疬丁鸭、疬丁橘。他说小孩子吃了疬丁东西会长不大,只有疬丁橘可以当药,清肺补气。他说大妈要多补气、要放宽心,心气痛就会好了。

大妈确实太会愁了,一年到头愁不完的事。愁大旱,愁台风,愁雨水多了谷子晒不干会长芽,愁母鸡老是孵不醒不生蛋,愁我这个宝贝侄女走路三脚跳,摔跤破了相。而顶顶愁的是在外路做官的大伯长久没寄信回来,那她就茶饭无心,心气痛起来,连疬丁橘也不管用了。因此我总是很勤快地给大伯写信,提醒他要多写信回家。

尽管大伯的信只有三言两语,回回都是那几个文言字眼,西瓜似的在纸上滚,大妈双手捧着一遍又一遍地看，嘴角笑眯眯的。大伯的信，第一句总是"贤妻妆次"。"贤妻"，大妈一定是懂的，戏台上的相公常常喊"贤妻呀！"大妈说女人家一定要做一个贤妻，成全丈夫。她常唱"肩膀一边高来一边低，家中必定无贤妻"。我问她什么道理，她说："一个男人家连肩膀都不平整，走没走相，坐没坐相，不是浪荡子就是成了家没个贤德妻子。"我看大伯走路四平八稳，目不斜视，讲话一句算一句，确实是个君子，大妈就是贤妻。只是他很少有笑容，我很怕他。幸得他在外路做官，很少回来，我跟着慈爱的大妈，过得非常快乐自在。大妈比我亲生的娘还疼我。我爹娘在我四岁以前就先后过世了。娘在重病中把我托孤给大妈，是大妈拉扯我长大的。我一点也没觉得自己是个没爹没娘的孩子，撒起野来常常会害大妈心气痛，事后先生总命我跪在佛堂前认罪，还是大妈淌着眼泪一把抱我起来。阿川叔常常劝我要孝顺大妈，大妈自己没有生养，就我这个宝贝侄女儿，我再不听话，她就没有指望了。

　　阿川叔又悄悄地告诉我，原来大伯在外面已经讨了二房，还说是个什么"交际花"，长得真的跟一朵花似的漂亮，因此大伯就没打算接大妈出去。这件事，先生与六叔都早知道了，就只瞒着大妈，要我千万别说。我刚一听到真气得心都发抖。大伯怎么可以这样对糟糠之妻？这是欺骗，这是不忠实。但这些新式字眼，讲给阿川叔是听不懂的。他说大伯是为了子息，等生了一男半女以后，再告诉大妈，她是贤德女人，没有不肯的。我想想大妈既对我说过"女人一定要做贤妻，成全丈夫。"料她知道了也不会跟大伯闹，只是心气痛一定会加重了。

六叔明明知道这件事，却没对我讲，我心里很气。有一次我问他，他说："是有这回事，我不告诉你是怕你不开心，往后不愿多给大伯写信，或是在大妈面前不小心说溜了嘴，她知道了会伤心。"他又说："大人的事，你就少管吧！世上有很多事是叫人感到无可奈何的。"他把"无可奈何"四个字说得很重，像一记记铁锤似的敲在我心上。从那以后，我常常会想到这四个沉重的字眼，好像自己长大了不少，懂得好多，对大妈也不忍心乱发脾气了。有时觉得年少英俊的六叔，脸上也会有一副无可奈何的神情，他比我大四岁，自然比我懂事得多了。

2　疑团

我守在灶边看大妈把一大碗韭菜炒蛋炒好,帮她端上桌子。还有干菜煨肉、红烧黄鱼,一碗碗都香喷喷的,摆得端端正正。我奇怪俭省的大妈,怎么今天一下子烧好几样荤菜,像是要款待客人的样子,却又没见有客人来。过了一会,才见阿川叔带了一个陌生男人从后厢房出来,一声不响坐在饭桌边的长凳上。我奇怪地看着他,他一对白多黑少的眼珠到处乱转,像是要把什么都看个明白。渐渐地眼神落在我身上,咧了下嘴问我:"你是大小姐吗?今年几岁了?"

我真是好生气,怎么这个人这样粗里粗气的,我顶顶讨厌别人叫我大小姐,他又怎可随便问我几岁。我没理他,一转身就走出厨房,心里好纳闷,大妈怎么会请这样一个客人到家里来?阿川叔又怎么会带他来呢?我一个人坐在厅堂里生闷气,还听大妈在热络地招呼他多吃菜,多喝酒。有些话,声音放得很低,我就听不清楚了。对于大妈与阿川叔,我一直是那么亲昵的,但今天他们这样神秘兮兮的行径,真使我懊恼万分。

那个人走后，大妈把我叫到面前，和颜悦色地说：

"阿娟，代我写封信给你大伯，不用多写什么，只说园子里橘子快红了，请他回来尝新。"

我眼睛瞪着搁在一边篮子里的瘪丁橘，奇怪地问：

"橘子才跟豆子似的，怎么说橘子红了呢？"

"阿娟，你大妈叫你怎样写，你就怎样写，你大伯看得懂的。"阿川叔在旁插嘴道。

"我不写，"我生气地说，"你们在打什么哑谜，一定有什么事不告诉我，你们不说明白了，我就不写。"

"没有什么事要瞒你的。你先把信写了，让阿川叔好早点送街上赶邮差来带走。晚上睡觉时我再一五一十对你讲。"然后又转脸向阿川叔，"猪栏边都打扫干净了吧？后门竹篱笆上的双喜贴好没有？"

阿川叔兴高采烈地说："都弄好了。"

真怪！又不是过年，打扫什么猪栏，又贴什么双喜。

我嘟着嘴，把只有两句话的信写好封好，递给阿川叔，他拍拍我的肩膀，做个鬼脸，把信塞在口袋里走了。

我迫不及待地要大妈告诉我究竟是怎么回事，那个陌生男人又是谁，她为什么要那么礼貌地招待他。但是大妈洗刷完厨房以后，还一直在忙，最奇怪的是她把厨房对面的一间厢房收拾得干干净净,床上已铺好崭新的被褥和一对挑花枕头。桌子上摆了梳妆盒,水绿缎子镜盖上的麒麟送子是大妈自己绣的嫁妆。两边一对插好红蜡烛的烛台。把这些东西摆出来做什么?要招待什么客人呢?却为什么要在这偏僻的厢房里呢?为什么要点上一对红蜡烛呢?我真是越想越奇怪。

怀着种种疑团,我反倒不愿多说话,闷声不响回到楼上卧房。却见床边小几上摆着一对闪亮的铰丝金手镯,一副珍珠耳环,用红纸垫着。这些都是大妈的首饰,她从来不戴的,今天取出来做什么呢?

我呆呆地望着菜油灯,焦急地等大妈上楼来。大妈终于上来了,她看我一脸气鼓鼓的样子,就拉我在床沿上靠着她坐下,喜滋滋地说:"我们家明天要进人口了。"

"进人口?"我有点猜到,大妈要做一件惊天动地的事了,但是我还是不明白。

"我要给你大伯讨个小——一个三房,说定了,明天就进门。"大妈一个字一个字慢慢地吐出来,一点也不激动。我却惊呆了。

"大妈,好奇怪,你怎么会想到做这么一件事?大伯人都不在家呀。"

"不要紧的,先接进门来,等个把月,大伯就会回来了。"

"你叫我写橘子红了,就是这回事吗?他怎么就懂呢?"

"是他写信给城里的叶伯伯,叫阿川带口信给我的,让我只要这么说就是了。"

"那么是大伯要你代他讨的啰?"我想起那个交际花,大伯怎么还要讨一个。

"哦,是他叫我代他访个清清白白的乡下姑娘,身体好的,早点给他养个儿子。"她又抿嘴笑了一下说,"我拣的人,早点给他养个儿子,我也安下了心。再说,那个交际花也威风不起来了。"

"大妈,你说什么交际花?"我又大吃一惊。

"你大伯在外面早已讨了一个二房,去年我到城里城隍庙进香,叶伯母就对我讲了,叫我别生气。我生什么气呢?自己肚子不争气嘛。但是那个二房进门两年多了,也一点动静没有。你大伯年纪一年年大了,两房就只你一个女儿,子息还是要紧的。大伯带口信托了我,我就要尽心给他办。阿川起先还当我不知道有二房的事,我告诉他我早知道了,他也说再给大伯讨一个。"

原来大妈早已经知道大伯讨了二房,她却一点不动声色,我真是奇怪她的一颗心怎么容得下那么多。我说:"那个人真是交际花,那一定很漂亮吧?"

"不会养儿子,再漂亮的花又有什么用?"

"这个姑娘是怎样的一个人呢?你见过了吗?"

"是我自己去当面相亲的。很体面的一个姑娘,人又忠厚。今天来吃晚饭的就是她哥哥,不过不是一个娘养的。她娘是填房,她爹死了,她娘就改嫁了。剩下她跟哥嫂在一起,我看她日子过得不会如意的。哥哥嫂嫂什么事都叫她做,还嫌她在家吃闲饭。又嫌她命硬,订了亲,新郎不久得痢疾死了。这样的望门寡,连做填房都没人要,只有做偏房的。我打听了,她家左邻右舍都说她又勤快又规矩,就叫阿川去说媒,她哥嫂一听就愿意了,说好五百银元当礼金,以后两家就不来往了。"

"五百银元就算买断了。"我不禁叹了口气,"你问过她自己愿不愿意呢?"

"他们不是她亲哥嫂,进我们家,在我身边还会给她吃苦吗?"

想起那个来吃晚饭的男人,样子好讨厌,原来今天就是来取银子的。我又问:"她今年几岁了?"

"十八岁,比你大两岁。"

"比我只大两岁呀!"那么年轻的姑娘,就给人做小,我想想自己,专门请个先生教我读书还不肯用功呢。代她想想,心里好难过。又想到自己没有姐妹,她虽是大伯的偏房,却就跟姐妹一般,今后有了个伴,不由得又高兴起来。

"我叫她什么呢?"我问。

"叫她姨呀。"大妈说,"辈分总在那里的,你们一定会很要好的。"

"一定的。"我还没见到她,就已经喜欢她了。但一想到大伯那副严肃的神情,心里不禁又打了个颤,连忙问:

"您说她跟在您身边,如果大伯要把她带出去呢?"

"不会的。那边的老二哪会容得下我给讨的人?姑娘就跟我住在乡下。你大伯一年回来住一阵子就好了。"

大妈说得眉飞色舞,好像自己在收个干女儿,或是讨个儿媳妇,一脸的喜乐,又好像一切都由她安排得顺顺当当的。我指着小几上的金手镯与耳环问:"这是给她的吧?"

"是啊!"她说,"她什么也没有,小姑娘嘛,总得让她体面点。我这些首饰也都是不戴的,看你们年轻的戴了就高兴。"

大妈的慷慨,真使我感动,我也真替这个未见面的姨庆幸。我又问:"她叫什么名字?"

"她叫秀芬,凑巧和你都有个秀字。日后让大伯给她改个字眼吧!"

秀芬、秀娟,我们相差又只两岁,真像姐妹。但是她是大伯的第三个妻子,她要跟一个像她父亲一般老的男人过一生一世,却又不能经常在一起,我心中又不由得为她担起沉重的心事来。也有点怪大妈,她一厢情愿地制造这么一件古里怪气的事,安排了一个年轻女孩的命运,究竟是怜惜她,还是害了她呢?我心里七上八下的很乱,我一定要把这事对我所敬佩的六叔讲,听他有什么意见。

我又想起阿川叔打扫猪栏的事,还没来得及问呢,大妈就说:

"你不知道这孩子命多苦,算命先生说她八字太硬,做新娘一定要从猪栏边进来,对男家才会吉利。新娘衣服外面还得罩件黑布衫,跨进猪栏边门,把黑布衫脱在门外,晦气也就拦在后门外了。算命先生的话,不信也只得信，总是小心的好。"

听到这里，我越发同情这个苦命的秀芬。但愿她进入我们的家门以后，能享受家庭的温暖与幸福，永远脱去那件象征晦气的黑布衫。

3　新娘

竹篱笆外的鞭炮响起时，天已经黑了，我换上一身新衣，站在门里，闻着猪栏的臭味，眼巴巴望着那乘小竹舆里走出一个黑黑的小人儿，由阿川叔扶着。走到竹篱笆边，阿川叔就帮着把她的黑罩衫脱下，丢在外面。在鞭炮的火花与摇曳的烛光中，她真像一朵艳红的鲜花，从浓密的叶子里冒出来。我上前伸手牵住她，她怯怯地望着我，马上低下头去。她是从暗暗的夜分中来的，但带给我的是绚烂与喜悦，当我与她一握手之间，我们就通了情愫，我好喜欢她。

大妈与我牵她一路走进布置好的厢房，在床沿上坐下。我呆呆地看着她，她穿一身粉红色袄裙，不太合身。乌黑的头发，梳一条粗辫子，几丝刘海从前额挂下来。脸颊红红的，但不是胭脂颜色，嘴唇点了一点樱桃红，饱满的脸蛋像个土瓷娃娃，逗得我只想跟她说话。我就说：

"我的名字叫秀娟，我知道你叫秀芬，但我得喊你姨。"

她有点吃惊，定定地看着我。大妈正端来莲子红枣汤叫她吃，她只喝了几匙汤。放下碗，抬眼望着一对高烧的红烛，眼神里忽然露出一分迷茫与畏缩。我马上说：

"家里只我一个女孩，很孤单，我们会是好朋友的，我大伯不久就要回来了。"

她立刻又把头低下去。羞怯中带着一丝忧郁。由于大妈已经对我讲过她的身世，我好像已经能明白她的心事，就不要与她多说，只默默地陪伴她。

照着大妈的吩咐，我就陪她睡在厢房里。第二天一早，我要去书房读书，先带她到厨房见大妈，一同吃早餐。大妈正在桌上摆开五个碟子，是带壳的花生、红枣、桂圆、柿子和梨，嘴里喃喃地念着："利市利市，早生贵子。"点上蜡烛，笑嘻嘻地对秀芬说："你先拜灶神，再拜祖先。往这一刻起，你就是我们家里的人了。"

秀芬听话地在地下铺好的席子上跪下拜了三拜，再拜了三拜。对于跪拜，她好像很熟练的样子。拜过以后，收了碟子,才吃早餐。我平常每顿早餐要吃一个夹豆沙的大麦饼,可是今天兴奋得吃不下。秀芬一口也不吃,只喝了一盏茶。大妈给她换了衣服,我就带她到书房。先生已经老早起床念了经,坐着闭目养神。我们进去时,他连眼皮也没抬。秀芬看见他,呆了一下,忽然喊了一声"校长!"我吃了一惊,问她:

"你怎么会喊他校长,你认得他?"

"我在小学里读书时,他是我们校长。"她低声地说。

先生睁开眼来,看看她,点下头说:"学生太多,校长认不得学生了。"

原来先生是在乡村小学当过校长的,六叔也是他的学生。我马上对秀芬说:"我有个六叔,是乡村小学毕业的,现在城里念师范,你们应当是同学了。"

"同学那么多,已经是好几年前的事了,不会记得。我没有毕业就休学了,你六叔叫什么名字呢?"

"他的名字叫周平。"

"周平,噢,大家都记得他,他年年是全校功课品行最好的学生。我比他低两班,但是因为他对低班同学都很和气,大家都喜欢他。"

先生听得连连点头说:"你六叔是个出色的好学生。"

先生除了教课时严厉如老虎,平时对我还是很和蔼的。大家这么一说,我顿觉与秀芬的感情又亲了一层。我真希望六叔快快回乡下来,快快见到秀芬这个老同学,一定很高兴的。

盼到星期六,六叔回来了。他又给我带来两本新文艺小说,我先藏在厨房抽屉里。大妈马上高兴地说:"阿平,我们家多了个人了,她名字叫秀芬。你现在先叫她秀芬不要紧,以后再改口好了。"

秀芬一双充满兴奋喜悦的眼神望着六叔。六叔有点摸不着头脑,不知说什么好。爽直的大妈开门见山地说:

"秀芬是我给你大哥讨的三房,前几天刚进门的。如今阿娟有个伴了,你大哥不久就会回来。"

这件事,对新脑筋的六叔是一个震惊。一个女孩子的婚姻大事,就这么简简单单可以决定的。他不好意思地看了一眼秀芬,却似乎并不认得她是他低班同学。大妈上楼去以后,我和六叔、秀芬就一起到厅堂里。我忍不住地说:

"六叔,秀芬姨和你是同学呢!她记得你的名字,你是全校的模范生。秀芬姨来我们家,我也不知大妈做得对不对。"

六叔好像没听见，只顾盯着秀芬看。秀芬怯怯地说：

"我是低班小萝卜头，你记不得了。但有一回，我在学校后面山上采山楂果跌下来，额角跌破了，流好多血，是你看见把我带回来，还给我贴上纱布棉花的。"

六叔想起来了，把她从头看到脚，看得秀芬不好意思起来。他说："你长大了，一点不像那时的小——"他没说小萝卜头，又不能说小妹妹，就没有说下去。

六叔回忆起在学校当自治会会长，举办许多活动的事。有一年校庆，他和同学设计了许多游艺节目，先生还请了县长来演讲呢。秀芬也想起来了，她说她那次是扮演葡萄仙子里的小草，浑身贴满了绿绉纸条，举起双手摇来摆去的，虽然不是主角，也好开心啊。

我们谈得好高兴，连先生都特别和气起来了。六叔当天要回去，答应下星期再来，带我们爬山去。

可是六叔走后，先生又回复了严肃的神情，教完我书以后，趁秀芬不在旁边，他对我郑重其事地说：

"秀娟，玩是玩，读书是读书，你可不能因为有了秀芬这个伴儿，心就散漫了哟。"

"不会的，先生，秀芬也喜欢读书，我们一同读。"

我说。

"你倒是可以教教她读点古书，看她很文静很聪明的，真可惜了，她没有你命好，可以读书。"他当然指的是秀芬只能做大伯的偏房。先生是有学问的人，怎么也相信命呢？

"她只要肯读书，在我们家，一样可以一步步读上去呀。大伯一定会很喜欢她的。"说出"喜欢"两个字，我忽然觉得有点怪怪的。大伯连一面还未见到她，怎么会喜欢她？他喜欢她，跟喜欢我这个侄女，心中的感觉有什么不同呢？秀芬现在就像是我姐姐，她见了大伯，会觉得怎样呢？我一想起心就乱，只好暂时不想了。我有点盼大伯回来，又有点希望他别那么快回来，因为他一回来，秀芬就不是我姐姐了，也不知秀芬心里是怎么个想法。

4　盼待

大妈已经把一对金手镯和一对耳环早给了秀芬。她没有戴，用手帕包了塞在枕头下面。白天她帮大妈在灶下添柴火，连大妈给她做的新衣服都不穿，只穿家里带来的白底蓝花旧布衫,我刚好穿的是蓝底白花的,两个人同出同进,真的跟姐妹一般。大妈疼她,也真跟疼女儿一般。

晚上,我们回到厢房里,我就把比较浅的《模范青年》拿给她念。她虽只念到四年级就退学了,但认得的字很多。她说她一直背着哥嫂偷偷看书,有一次,被嫂嫂看到,书都给她烧掉了。说起哥嫂来,她就叹气。她边说边伸手从枕头底下把手镯摸出来,抚弄了半天说:

"你大妈对我真太好了,她花了那么多钱把我要过来,还给我金首饰。她那么和气地待我,我在家里一看见她就愿意跟她,跟她一辈子。"

"你也要跟我大伯一辈子的。"我捏着她的手说。心里却怅怅地想:"你若做大伯大妈的女儿该多好呢!"

她迷茫地望着我,又有点怯怯地说:"我哪里知道他要不要我呢?"

我不知该怎么回答,只好安慰她说:"大伯是个读书人,就是有点严肃。先生说他是正人君子,正人君子总是比较严肃的。"

我心里却想起了那个漂亮的交际花姨太,正人君子怎么会等不及地娶个交际花呢?但我绝不能告诉秀芬,害她担心,我要让她对大伯有个最好的印象。

  在等待大伯回来的日子里,我相信秀芬心里一定是忧喜参半。我虽比她小两岁,但因为吃过很多次喜酒,新娘的各种不同神情见过很多,但没有一个是像秀芬这样特别的。她没有坐花轿,没有在热闹的吹打里和新郎拜天地、入洞房,第一夜却是和我这个侄女同衾共枕。她是被摆布着进入一个陌生的家,却意外地享受到家的温暖的。她的身份是这样的特别,我但愿她能一生一世快乐。但是她的前途茫茫然,我与她的情分也是茫茫然。还有六叔,他与她竟然凑巧是同学,如果她在一个幸福的家庭里长大,也能上中学的话,他们会不会再见面,而成了朋友呢?我不能往这样想了,这样想下去就会很难过。六叔常常喜欢说的两个字就是"怅惘",我想那样就该叫作"怅惘"吧。

  我与秀芬常在橘园里玩。橘子一天天长大了,有许多已经转黄,慢慢会红起来。我想起大妈叫我给大伯写的信,他该回来了呀。已经有一个月了,大伯迟迟不回来,一定是那个交际花已经知道了,拦住他不让他回来。大妈也露出焦急的神情,又不敢再去信催他,只托阿川叔去城里向叶伯伯打听,还没回音呢。

在橘园里，秀芬时常数橘子，一株株树数过去，她也是"一双、两双、三双"地数。我笑她这种数法，她说："我是看看多少株树的橘子是单数的，多少株树的橘子是双数的。"

"你在边数边暗暗地许愿心吧！"我打趣地说。

"我许什么愿心呢？什么事也由不得我啊！"

晚霞映照着她的脸颊，她是这样的青春美丽，我觉得她实在应该有幸福的一生。但她对自己没有一点期望，只是依顺着命运的安排，无怨无尤。而安排秀芬命运的究竟是谁呢？难道是好心肠的大妈吗？大妈只为要做一个贤妻，成全大伯的愿望，在我们这个地方的风俗，也完全不用考虑两个人年龄差别的问题。如果秀芬不进我们家门，她将被兄嫂逼到怎样一个地步呢？如此想来，秀芬还算幸运的吧，所以她就这么安安心心地等待着。

橘子一天比一天红了，秀芬一天比一天美丽活泼起来，我也一天比一天更爱怜她了。她并不知道我代大妈给大伯的信里是怎么写的，如果她知道的话，她一定会心焦的。因为橘子红了，他该回来的。

5　六叔

六叔下乡的次数比以前勤了。除了星期天,有什么纪念日放假他都回来。每回都带好多零嘴,我知道他现在不是只带给我一个人吃的了。他也总记得给大妈带供佛的大苹果与大雪梨各一个,那都是从外路来的。供了佛与祖先以后,大妈总仔细地削了皮,切开来给大家分尝。阿川叔就会边吃边批评:"这种洋水果,酸酸涩涩的,还没有我们田里的甜山薯好吃呢。"六叔虽然觉得阿川叔土,但却非常敬重他。对我说阿川叔对主人忠心耿耿,就跟旧小说里的老家人一样,要我好好听他的话,帮他做些轻便的事。大妈更是倚他为左右手,大小事儿,都要和他商量,他决不定的,才请教先生。先生拨着念佛珠,说一句、算一句。六叔也很佩服他的判断力与威严,只有娶进秀芬给大伯这件事,大妈竟然没有跟先生商量,就和阿川叔悄悄决定了。若是和他商量的话,他一定也说"不孝有三,无后为大,应该的,应该的"吧。

这件事,只有我和六叔心头总像有个解不开的结。但是看六叔回来次数多了,又那么兴高采烈陪我们讲故事、下棋、散步、游玩，我心里竟萌起一种奇妙的念头，却又像犯了大错似的，立刻打消。可是有一天，我所看到的情态，使我感到我那奇妙的念头，已不容打消了。

那一天，六叔陪我和秀芬在橘园的小屋里聊天。这里是我们的安全港，人迹罕至，我偷看小说总是在这里。六叔把窗户打开，让下午温煦的阳光透进来，我正在剥一个酸橘子想尝尝看，却看六叔从口袋里摸出一个苹果，一个雪梨，再摸出一把小刀说："我来把苹果削了大家吃。"却把梨放在秀芬面前说，"这个给你。你一个人吃。"

"我不要吃一整个，也大家分来吃嘛。"秀芬说。

"不，不要分梨，你懂吗？"

他们四目相望，秀芬当然懂，我也懂了。可是我心里忽然一阵酸楚，手里正剥着的橘子也跌落地上了。

六叔又就着阳光，仔细看秀芬的鬓角，低声地说：

"那次你跌伤，额角上是不是留下一个小疤？"

"有一点点，我用刘海遮住了。"秀芬半低着头。

"让我看看。"他把身子靠近过去。

秀芬只是向后躲，我忍不住低喊了一声"六叔"，他微微吃了一惊，身子缩后了。我心烦意乱地说：

"我们回屋里去吧,该帮大妈做晚饭了。"

六叔的神情顿时黯淡下来。我知道是他自己心里难过,绝不是生我的气,他知道我是那么地喜欢秀芬的。这就是他常常说的一种"无可奈何"与"怅惘"啊!

我们三人默默地回到厨房里,却发现大妈和阿川叔的神色跟平时不一样。大妈已把菜烧好,端上饭桌,轻声对我和秀芬说:"让阿川叔和六叔先吃饭,六叔要搭晚班汽船回城里去的。"

六叔并没说要当天回去呀,但我不敢问了。大妈把我和秀芬叫到厨房里,从抽屉里捧出一些挑花手工,摆在桌上,柔声对秀芬说:"听说你会绣花,这种挑花你一定也会吧。空下来就在屋里做做手工,阿娟做完功课也会来陪你,教你读书认字的。说实在的,女人家少认几个字也好,像我这样的,心里头清静,什么也不想了。"

大妈的意思,明明是要秀芬尽量不要和六叔接近,但我又怎么能怪她呢。秀芬低下头,泪眼盈盈,一声不响。大妈走后,我们紧紧捏着手,两个人都哭了。

六叔往后就没再下乡来,礼拜天变成了我们最寂寞、最不快乐的日子。我带秀芬在书房里闷闷地读着书,先生把念佛珠啪答啪答拨得好响,响得我心更烦,但又不敢对先生抱怨。他那一对深湛的眼睛，似已洞察一切，却闭上眼睛，有意无意地讲一些三从四德的故事给秀芬听，听得我只想大喊："请你不要讲了！不要讲了！"但我能喊吗？回头看秀芬，她的脸平平板板的，一点也看不出来有什么心事，只是静静地听着。她原是个心甘情愿服从命运的人啊！

阿川叔还悄悄地对我讲，大妈在那天晚饭以后，只对六叔讲了一句盼大伯早点回来和秀芬成亲，免得秀芬心不定，六叔就懂了，马上说以后不常回乡下来了。阿川叔夸六叔是个"坐怀不乱"的真君子，他很敬重他。"坐怀不乱"是他从"宝卷"上学来的词儿，他记了很多词儿，用起来都很恰当。他说六叔去埠头上汽船时，告诉他师范毕业后马上去外地教书，希望我用功读书，好好待秀芬。我听着听着，眼泪一颗颗落下来。我常常看悲剧小说，边看边落泪。如今这幕悲剧没开头就结束了，秀芬往后没有再哭，我也不要再伤心了！

每个夜晚，秀芬都把菜油灯芯挑得高高亮亮的，全神贯注地挑起花来，挑的是双仙和合，给大伯的枕头。她低着头，不说一句话。有一次，她忽然停下针，笑眯眯地对我说："我忘了告诉你，在小学读书时，我们低班同学,都喊你六叔周平大哥的,他对同学真好。"

在摇曳的灯影里,她的眉眼妩媚动人,但又似有一丝闪烁的泪光。她心里在想什么呢?难道她还是在一心一意地等待她那个未见面的丈夫——我的大伯吗?

我做完功课,还是喜欢与秀芬到橘园里,坐在矮墙头,她看一回《模范青年》故事,就抬头数橘子,又是"一双、两双、三双"地数。有一回,我忍不住说:"若是成双的,就是大伯要回来了。"

她捶了我的肩膀一拳说:"我又不是等他。"

"大妈已经托城里的叶伯伯去信催他了。他大概公事太忙,脱不了身。"我安慰似的说。

"催他作什么呢?我这样和你过日子很快乐呀。"

她说的实在是真心话。如果没有大伯夹在我们当中,我们不就是情投意合的姐妹吗?从她来以后,我就从没喊她一声姨,总是秀芬秀芬地喊她。但是大伯回来以后,就不一样了。我还能喊她名字吗?

6　橘子红了

大伯总算回来了,真正是在橘子成熟、红透的时候。

他没有失信，大妈更没有骗他。

　　大妈早两天就忙着布置正屋那间最好的房间。铜床的罗帐是全新的，枕头被褥都是熏过芸香的。知道大伯喜欢鲜花，叫阿川叔把两盆兰花端进去放在茶几上。茶壶茶杯烟灰缸都摆齐全了，才把贴了双喜的门帘放下，叫我不要再进去。这就是大伯和秀芬的新房，秀芬要成亲了。明天起，秀芬就不再和我睡在厢房里，我们不再像姐妹似的，同出同进，我也不能再秀芬秀芬地喊她名字了。我心里像失落了什么似的，非常不快乐。

　　秀芬一整天都很慌乱的样子，总是低着头，连饭也没好好吃。大妈叫她换上那套粉红色的新娘袄裙，给她辫子上插朵红花，戴上耳坠和手镯，叫她静静地坐在厢房里，不要再走来走去。我呢，像没头苍蝇似的乱飞，心里好紧张。大伯原是我最亲的长辈，他虽严肃，我仍是很盼望见到他的。但这会儿却像迎接一个生客似的，有一点好奇，又有一点陌生。

　　大伯到家已是掌灯时分，轿子停在大厅堂里，他慢慢地跨出来，大妈迎上去，两个人满面笑容。大伯在特别为他摆好的软椅子里坐定以后，我才上前去请安，他拉住我的手，端详我半天，笑嘻嘻地说："阿娟，你又长高了，字也越写越好了，我很高兴。"我也不知说什么好，就退在一边，心里在焦急地等待着一幕特别情景的出现。回头一看，大妈已扶着秀芬，双手捧了一个茶盘，慢慢走出来，走到大伯面前，一只手把盖碗端出放在茶几上，低声喊："老爷，喝茶。"大伯漫不经心地朝她瞄了一眼，马上把脸转开了。秀芬的头垂到胸前，一转身，快步蹩回里面厢房去了。

这就是新郎新娘的见面礼了。我的心正在狂跳，仿佛一个小心捧着的瓷盘突然掉落在地上似的，既气恼又失望。气大妈为什么要秀芬出来端茶给大伯，她为什么不把他们双双送进洞房呢？

我急匆匆走进厢房，看秀芬坐在床沿上发呆，使劲扭着手帕。我在她身边坐下，也是呆愣愣的。秀芬忽然掩面哭起来，哭得声音很大。我赶紧把房门关上，让她痛痛快快哭一阵，才低声对她说："大伯人很和气，你不要哭了。大妈知道了会生气的。"

她泪眼婆娑地望着我，抽抽噎噎说不出话来。她左等右等，等到了大伯回来，今天是他们成亲的日子，她却这样伤心。我知道新娘子出嫁的那天都会哭，因为离开亲人，到了一个完全陌生的家中去，怎么不害怕呢？

秀芬的爹娘早去世了，她一定是想起他们，不由得伤心吧！

厢房床上的被褥都已拿走，一对烛台也搬到大伯房里。从今天起，我不再陪伴秀芬了。心头空落落的，很不快乐。但我得做出喜气洋洋的样子，帮大妈端菜祭祖，帮阿川叔点燃鞭炮。大妈连声说："百子炮、百子炮，百子千孙五代荣。"

大伯同秀芬拜了祖先，他们入了洞房了。

我蜷缩在大妈身边，好久都睡不着，大妈也老在翻身，还听见她轻轻地叹气。我心里有很多话想问大妈，又不知怎么开口才好，只说："明天起，我真要喊秀芬姨了。"

大妈说："你早该喊她姨的，这是辈分。"

这个辈分，就把秀芬同我隔开了吗？不会的，我们心里仍旧是姐妹。明天，我一定找个机会同秀芬讲。

第二天一大早，我就醒了，想起厢房里还有几本给秀芬看的《模范青年》，就跑去拿，却看见秀芬已经坐在空空的床沿上发呆。我吃惊地走过去，挨着她坐下，低声喊她"秀芬"，却喊不出"秀芬姨"。我问她："你怎么跑到这里来了？"

她的脸颊红红的,眼中汪着泪水。想起她端茶给大伯的胆怯神情,昨夜却把他们关在一个房间里,他们就算是夫妻了吗?那么大伯同大妈,是不是也算夫妻呢?我真是弄不明白。我忍不住问:

"你昨夜也睡在那张铜床上吗?"问的时候,我的心不禁狂跳起来。

"没有,"她咬了下嘴唇说,"我睡在那张藤椅上。"

"啊呀,那不是要冻出毛病来吗?"

"他拿了条毛毯给我盖上,我没有觉得冷,我是和衣靠着的。"

"就这么靠了一夜吗?"我自己都不知道为什么要穷根究底地问。

"是呀,他劝我上床,我不肯。"

她连声说"他",他就是新郎,我那严肃的大伯。他怎么会同一个只比我大两岁的女孩关在一间屋子里,还要劝她上床去睡,我真有点气他,又替秀芬叫屈。秀芬睡在藤椅上是对的。

"你不要告诉大妈,她会生气的。"她说。

"我才不说呢,但是你会一直睡在藤椅上吗?"

"我也不知道。我真怕他,他一句话也不对我讲。"

"大伯本来就不大讲话的,但是他心里很慈爱,他很疼我的。这次大妈要我写信催他回来,全是为你呀。"

她有点羞赧地低下头,喃喃地说:"你大妈对我讲过,要好好侍候他,我会的。"

她说"侍候"两字,显出一副死心塌地的神情。我握着她的手说:"往后,当着大伯大妈,我喊你姨,我们两个人时,我还是喊你的名字。"

她笑了起来说:"好奇怪,怎么喊我姨呢?"

"一喊你姨,我们就没这样亲了。"

"不要这样讲,我心里好难过。"

"大妈说,这是辈分。"

"什么辈分呢?我心里倒觉得,你大妈像是我的亲娘,偏偏的……"

她说不下去,我知道她心里真的很难过,但又有什么办法。大妈说是她八字注定要做年纪大的人偏房,代他生儿育女。我知道,秀芬以后会与我越离越远了,有大伯在她身边,她不会像以前一样,与我同出同进,什么心事都跟我讲了。

果然不出我所料,秀芬渐渐地有点躲开我,见了我,总是羞羞涩涩的,像要与我说话,又像想不起要说什么似的，找个理由走开了。她一天到晚忙进忙出，侍候大伯起居饮食，无微不至。虽然都是大妈事先教导她的，但她对一个原先完全陌生的男人，侍候得这般周全这般体贴入微，也真令我吃惊。

她也比较喜欢打扮了，每天把辫子梳得光光亮亮，两颊红扑扑的，小嘴唇上还抹了一点胭脂，笑起来格外逗人怜爱。看来大伯是非常喜欢她，因此，她也放了心，也喜欢起大伯来了。我实在应该替她高兴，就像大妈似的，时刻关怀地体察着这一对老少夫妻。但我心里仍有一份惴惴不安的心情，担心大伯很快会走，又担心那个交际花会知道这件事。

大妈每天叫秀芬在橘园里采下两个最最鲜红的大橘子，装在一个玻璃盘里，先供了佛，再拿给大伯吃。

大伯坐在廊前看书，秀芬就站在旁边，把橘子剥开，一瓣一瓣递给大伯，大伯心不在焉地接过来放在嘴里嚼着，我站得远远地看一会儿就走开了。

橘子红了，大伯回来了，他又有一个新爱宠了。他们现在看上去那样幸福，但我忽然想起先生教我的两句诗："从来好物不坚牢，彩云易散琉璃脆。"大伯总要再出门的，他会带秀芬去吗？如不带她去，秀芬仍会回复与我过姐妹一样的快乐日子吗?

有一天,大伯去城里看叶伯伯了。秀芬在打扫大伯的房间,我忍不住走进去轻轻喊了她一声姨,她正在对着镜子端详自己,听我这样喊她,回过头来很不好意思地说:

"不是说不当着他们的面,你仍旧喊我名字吗?"

"我总觉得你和以前不一样了。"

"没有啊!"她有点难为情的样子。

"你不再睡在藤椅上了吧?"我期期艾艾地问。眼睛望着那张讲究的铜床和并排摆着的一对挑花枕头。

她的脸羞得通红的,低下头去没有做声。

"你说话呀!"

她抬起头来时,却是盈眶的泪水。我吃惊地问:

"你怎么哭了?我看你蛮快乐的嘛。"

"我心里总是酸酸的,他回来以后,你好像不大要理我了。"

"哪里是我不要理你,是你没心思跟我说话了。但我很替你高兴。我问你,大伯对你很好吧?"

"他很慈爱。"

"慈爱?你说他对你是慈爱?"

"是啊！他问我家里的事，我都跟他说了。他叫我安心跟着大妈，好好过日子，她不会亏待我的。"

"他有没有说带你跟他一起去外路？"

"没有，我也不要去。"

"你喜欢我大伯吗？"我的意思是："你爱他吗？"但那样问法太新式了，我是从六叔借给我的小说上看来的。我不能那样问，问得我自己都会脸红。

"我也说不出来，白天里伺候着他，常常觉得他像是我最亲的长辈。但有时半夜醒来，觉得边上有个人对我这样亲近，这样好，我又觉得终身有了依靠。但我担心得很，担心他很快就要走了。"她眼圈儿又红了。

"他不会很快走的，走了也会常回来的。他不在家时，我们俩在一起仍旧会很快乐的。"

"那自然啰！"停了半晌，她忽然问，"阿娟，六叔怎么这一阵都不回来呢？他大哥回家，他怎么也不下乡来看看他？"

我心里一怔，她怎么还念着六叔。但我知道六叔不下乡来的原因，只好淡淡地说："他功课太忙，大伯去城里在叶伯伯家，他就会去看他的。"

我也不由得记挂起六叔来。一下子就感到无精打采的，对秀芬说："我要回书房读书去了。"

"阿娟，"她喊了我一声，悄悄地说，"你若写信给六叔，也代我向他提一句。"

"说什么呢？"

"劝他读书不要太辛苦，礼拜天也来乡下玩玩。"

我点点头，但我没有给六叔写信，也不想要他下乡来，六叔的性格我知道，他是不会回来的。

7　别

大伯从城里回来，才过了四天，竟然告诉大妈说要走了。算起来他回来一共不过半个多月，大妈原说是要待两个月的，大伯忽然提前走，她真感到意外又失望，我也是一样。看看秀芬，她一下子就像失魂落魄似的，双颊的红晕也没有了，辫子松松散散的也无心梳理。她从来没有正眼看大伯，总是用祈求的眼神看着大妈，仿佛只有大妈才会留得住大伯。但大妈何尝留得住他呢？他是个一向自作主张的权威男人，他说一，大妈还能说二吗？

他动身的前一天，大妈特地烧了几道好菜，又温了壶陈年老酒，要秀芬也上桌陪大伯一同吃——平常她都是站在旁边侍候的。大伯斟了一杯酒敬大妈，说："要你劳心了。"又斟了一杯，递给秀芬说，"你也喝一杯吧。"秀芬慌乱地接在手里，颤抖着送到唇边，只抿了一口，就放在桌上。头低垂到胸前，就跟第一天刚见到大伯，端茶给他时一样。也不知是哪来的勇气，我忽然捧起酒壶，给自己斟了一杯，大声地说："大伯，我敬您一杯，祝您一路顺风，快点再回来。"

秀芬站起身来说："我去端汤。"就走进厅堂后面去了。她久久不出来，我不放心，就去厨房里看她。原来她站在灶边搓汤圆，锅子里水在开。她说："鸡汤里放几个汤圆，你大妈交代的。"

我知道汤圆是团圆的意思，但这一顿明明是别离前夕的晚餐。短短的半个多月，秀芬已经爱上了大伯，愿意托付终身，而大伯却是匆匆来，匆匆去，没有丝毫留恋之情。他回来只是为了娶一个小妾，圆一次房，以后的一切，似乎就交给大妈和秀芬了。大妈是如此地爱怜秀芬，如果没有那个在外路讨的交际花，大伯一定会在乡下住一段较长的日子，或是把秀芬也带出去。但现在他们却非分离不可。大伯和大妈之间，一向好像是手足之情，大妈千般万般地关心大伯，知道他娶了二房，却一点也不生气，又高高兴兴为他娶三房。她怎么不想想，大伯分身乏术呢？难道她真只要他每年橘子红时，才回来一次吗？

我看秀芬双手纯熟地搓了好多个汤圆，丢在滚开的鸡汤里，又洒上几滴酒、一撮葱花，盛在大碗里，小心翼翼地端出去，我也跟着出来。她舀了四个汤圆在饭碗里，放在大伯面前，低声说："趁热吃吧。"

大伯只吃了两个，笑吟吟地对秀芬说："这两个给你，你也趁热吃吧。"

秀芬迟疑着。大妈说："吃呀，他叫你吃你就吃，团团圆圆，一双双的汤圆是吉利的。"

我真觉得大妈那神情就像在吩咐女儿。她又说：

"厨房里我来收拾，你先侍候他早点睡，明天一早就要动身了。"

秀芬并没听她的，仍旧和我一起帮着把盘碗收进厨房，大伯顾自回房间去了。我回头看了下那贴着双喜布门帘的新房，再看看容颜微带憔悴的秀芬，仿佛觉得自己是在看一幕旖旎缠绵的戏剧，也像在背诵一首催人热泪的诗篇。我平时背古文、诗歌，除了觉得音调好听，念起来顺口以外，总是心不在焉。眼前的情景，才使我体会到"悲莫悲兮生别离，乐莫乐兮新相知"的滋味。但我究竟不是秀芬，她心头又是什么滋味呢？

8　情思

大伯走后，秀芬又搬回到厢房，大妈仍让我陪她同住。我们再度并枕而眠。但秀芬总不像以前那么有说有笑，时常呆呆地愣在那儿好半天，跟她说话也像没听见。我知道她是想念大伯，却又不好说出口来，她看一阵《模范青年》，又拿起手工来做，自言自语地说："这些天都没工夫挑花了。"

"你的手工很细。"我说。

"我倒是把一个从家里带来老早绣好的小荷包给你大伯了。"

"真的呀？"

"他好像很喜欢的样子，就收在口袋里了，也不知他会不会丢掉。"

"不会的，他一定会珍爱它的。"但我忽又想起那个交际花姨太，她若是看到了，可不大好呢。

"你写信给大伯的时候,代我提一笔。"

她的神情,就跟要我在写信给六叔时,代她提一笔一样。我弄不明白,在她心里,大伯与六叔都是她想念的人吗?她对六叔的印象是一位会照顾人的大哥哥,对大伯像是一位最亲的长辈,但又是她同衾共枕过的丈夫。她一定是更记挂大伯吧。

大伯给大妈的信,仍旧是简简单单几句话,最后加了"秀芬均此"四个字。大妈递给她,她总是看了又看。跟大妈一样,眼角笑眯眯的。她认得的字比大妈多,因此说:"信真短啊!"

她陪我在书房里读书,也提起笔来练字。先生说:"你就抄《心经》吧!"她摇摇头说:"《心经》太长了,我要抄唐诗。"于是她就一首首地抄起唐诗来,边念边抄,抄的都是短短的绝句,有不认得的字就问我。抄到李商隐的《夜雨寄北》:"君问归期未有期,巴山夜雨涨秋池。何当共剪西窗烛,却话巴山夜雨时。"她念了又念,问我巴山在哪里,我说"在很远的四川吧",她说"太远了,就当它是在我们这里"。她想了一下说:"我把这首诗抄了,你寄信给大伯时,把它封在里面。"

"大伯看了一定很高兴,他知道你读过书吗?"我问。

"我跟他说过读过几年小学，兄嫂不让我再读了。他叫我再跟你读书写字，他说会寄些浅的故事书给我看。"

她一直在盼着那些故事书，但大伯一直没有寄来，她有点失望，但仍重重复复地抄那首诗。她说这首诗很好懂，先生摇头晃脑地唱起来又好听。但她一遍遍重复地抄，抄了就撕。"抄抄诗、写写字真好，什么心事都没有了。"她说完就把小嘴抿得紧紧的，再也不像以前那样有说有笑地给我讲她小时候的故事了。

我知道她的心事是什么，所以都不敢提大伯。但大妈偏偏常向她提，一来就对她说："这是老爷爱坐的椅子，这是老爷爱吃的东西。"左一声老爷，右一声老爷的，叫我听起来很不舒服，也把我和大伯之间的亲情拉得好远。我不知道秀芬听了有什么感觉，她究竟是畏惧这位严肃的老爷呢，还是喜欢这位比她年长一大截的男人呢？我时常望着她不言不语，若有所思的神情，觉得一缕爱苗，已在她心中滋长，她开始在爱一个人了。这个人像父亲，也像情人。

她总显得有点懒洋洋的，打不起精神，大妈就连声地问："你有什么不舒服吗？吃得下东西吗？"秀芬说："没什么，吃得下呀。"大妈真关心她。她却暗暗对我说：

"我好担心。"

"担心什么呀?"我迷惑地问。

"你不懂。"

我真有点不懂。秀芬与大伯成亲以后,已经是个大人。我们之间,似乎已隔了一层什么,有些话,她好像不大能对我讲了,难道这就是大妈说的辈分关系吗?

9　求梦

大伯走后,大妈好像格外注意起秀芬的神色来,也格外疼爱她了。有一天,她对秀芬说:"我看你脸色不大好,我带你到街上郎中那儿把个脉,看有什么不舒服,再去庙里烧个香,在庙里住一晚,求个梦。"

一听说求梦,我就好高兴,我也好想去庙里求梦。在女眷客房睡一夜,做的什么梦,就告诉法师,法师会解说给你听,吉凶祸福,法师说来头头是道。我还从来没去庙里求过梦呢,因此也吵着要去。大妈说:"你小孩子去求什么梦?我带秀芬姨去。"这下子,我越发觉得离秀芬远了。

大妈买了香烛,摘了自己园子里最新鲜的橘子,带

着秀芬去庙里求梦了。求梦回来,又在街上的郎中那儿把了脉。我孤零零一个人在家,一夜睡不好。秀芬回来,我连忙问她:

"你拜了菩萨,许了愿心啦?"

她点点头说:"大妈引我在观音菩萨前拜了,求了签。"

"签诗上怎么说?"

她把签诗从口袋里摸出来给我看,上面写着:"书中自有黄金屋,书中自有颜如玉。功名富贵等闲事,鱼水恩情享不足。"

我看得似懂非懂,上两句是现成句,与秀芬的情形毫不相干。后面两句也不知是哪儿来的,意思倒真好,一定正合了秀芬的心意,句子也浅白易懂。秀芬苦笑了下说:"全不对,我有什么鱼水恩情呢?"

"好日子在后头哪。还有,你做了个什么样的梦?"

"一夜迷迷糊糊的,没睡好,天快亮了才做了个梦。梦见在一间空空的屋子里转,找不到一扇门,好不容易看见一扇边门,却又被一枚大钉子钉住,拉不开门闩,我一急就醒了。你想这个梦怎么会是好兆头?"

"法师怎么讲呢?"

"法师有他的讲法,我不要讲了。"

"你讲嘛,我最最喜欢听解梦了。"

"他说,门上有枚钉子是好兆头,他说——"她吞吞吐吐又不想说了。

"快讲呀。"

"他说,家门里要添丁了。"她很不好意思地转开脸。

"那就是说,你要生孩子了。"

"没有啦,他只是这样讲就是了,这只是一个梦嘛!"

她那一脸的忧愁,使我懂得了,她担心的就是不会生孩子。她到我们家来,就是要给大伯生孩子,不生孩子,大伯不会再要她,大妈也不会喜欢她了。我心中萌起对她无限的同情。我与她只差两岁,但我们的处境完全不一样,我可以无忧无虑地读书、玩乐,在大妈跟前撒娇。但她得天天像个大人,一个千依百顺的妇人,命运都系在生不生孩子上面。然而她要的是爱,她已经在爱大伯了,但大伯会爱她吗?大伯连对大妈也没有爱,也许只对那个交际花姨太有爱吧!他对小太太真的像摘橘子似的,拣个鲜红的尝尝,也许只尝一口就把它丢掉,让它烂掉。想到这里,我真是好气大伯,也不免怪大妈。如果她不把秀芬讨进来,她可能会遇到一个心爱的如意郎君,好好成家,一夫一妻,生儿育女,多么好啊!但现在说这些都没用，徒然使秀芬伤心。

我看她口袋里鼓鼓的，有一样东西，问她是佛殿里带回的水果糕饼吗。她笑笑说不是的，就快步跑回厢房，取出口袋里的一个红布小包，把它塞在枕头底下。我好奇地问："是什么呀？那么神秘。"

"晚上再给你看。"

我等不及晚上，趁秀芬在厨房帮大妈做饭时，悄悄到屋里，从枕头底下摸出那个红布包，打开一看，原来是一个粗瓷的赤膊小娃娃。胸前系着一个红肚兜，娃娃连眼睛鼻子都看不清，头顶一根冲天小辫子，胖嘟嘟的，是个男娃儿。我赶紧包好塞回枕头下，走出来看看秀芬，心里只想笑，又不敢笑。我在想象着：这样一个小女人，如果也像我那些婶娘似的，怀了孕，挺起个大肚子，会像什么样子？若是生了孩子，抱着背着，又会像个什么样子？那时，她的孩子就是我的小弟弟，她才真正成了我的长辈阿姨了呢。

晚上我们回房睡觉时，我说：

"我已经看见你枕头下的娃娃了。"

"你真性急，我会给你看的呀。这娃娃是大妈求来的，她在送子观音面前，带着我点香跪拜后，从观音手中抱来的。大妈好细心啊！"

"她盼你早生贵子呀。"

"这个娃娃长得真不好看。"

"难看没有关系，只要是个男孩就好。"

"连影子都没有，你大妈真是无事忙，我又不能不听她的话。"

她说的"连影子都没有"，是指的没有孩子吧？她又叹了口气说："你大伯回来才那么短短几天，我好像连他的脸都没看清楚，他就走了。"

"你很想念大伯吧？"

"我想他作什么。他早把我忘记了，连答应给我寄的书都不寄来。"

她眼圈儿渐渐红起来，我真替她难过。但高兴的是她又把我当个知心人，向我吐露心事了。我索性把菜油灯吹熄，两个人和衣躺下，把一层薄薄的被子拉来盖好，在黑暗里好谈心。我把身子挨得她紧紧的，靠着她耳朵边低声地问：

"你睡在那张大铜床里，也是这样靠紧大伯的吗？"

她不做声。

"你说呀，是吗？"

"小姑娘问这干什么?"

"问问有什么要紧,你说呀。"

"我起先很怕他,后来也不觉得了。"在被窝里,她好像在发抖。

"后来你就喜欢他了,是不是?"不知怎么的,我的心也狂跳起来。

"阿娟,你真好坏啊!"

"你就盼望跟他生孩子了,是不是?"

她把我一推,说:"不跟你说了。"

"不说就不说,你反正总说我不懂,我也不要懂。我还是觉得大伯不应该这么快就走掉,把你丢在乡下。"

"我不抱怨他,他是当差使的人,公事忙。我哥哥对我讲过,凡事都要忍耐,何况大妈和你对我都这么好。比起跟他们一起,不知好多少倍了。"

她是这么一个容易满足的人,心又好,我感动得不禁紧紧抱住她,呼呼入睡了。

大妈自从庙里求梦回来以后,非常地兴奋,她把秀芬的梦告诉先生,先生也拨着佛珠连声说"好梦好梦,吉利吉利"。大妈更加高兴得好像马上有喜事来临似的。我也被传染了,像在盼望着什么。

两个多月以后,秀芬忽然一闻到厨房里煮菜的味道就要呕吐,连喝口水都吐。大妈却高兴得连声念观世音菩萨保佑,轻声细气地对秀芬说:"你一定有了。"秀芬只是不做声,我奇怪地问:"大妈说你有什么呀?"

"她说我有病了。"

"有病要看医生,怎么还高兴地说观世音菩萨保佑呢?"

"阿娟,你不要问了,你还是姑娘,不懂的。"

她又说我不懂了。我只比她小两岁,我看过很多新小说,爱情的心理我能够体会,但爱得会生病我倒不懂了。秀芬吐得一口饭都吃不下,人也越来越没力气。大妈爱怜地叫她尽管躺着别动,粗活儿都不让她做了。她尽管身体不舒服,神情反显得比以前快乐了。我忍不住问大妈秀芬有什么病,大妈只是笑。阿川叔大声地说:"秀芬要给你生个小弟弟了,她是害喜,不是病。"

我才恍然大悟,秀芬真的要生孩子了。

她不用再担心大伯会不要她,我也一块石头落了地,高高兴兴地看着秀芬害喜。因为幸福的根苗,已在她体内滋长了。

过不多天,大妈兴高采烈地对我说:

"阿娟,写封信给你大伯!——"

她还没讲下去呢,我就抢着问:"这回还是说橘子红了吗?"

大妈一时愣住了,该怎么写呢?得顾到信被那交际花姨太看见,不能明白地写出来。我想了下,顽皮地说:

"我就画两个橘子,一个小一点,一个大大胖胖的,注明一下:橘子已愈来愈胖了。大伯一定懂。"

"好,你就这样画吧!"大妈笑得嘴都合不拢。

10 心惊

信寄出还没几天呢,六叔忽然托小汽船带信回来,说大伯的那个交际花姨太回来了,住在叶伯伯家,是叶伯伯打电话告诉六叔,要他转告大妈准备一下,或许她会来乡下。在信尾,六叔加了一句:"阿娟,我真替秀芬担心。问问先生有什么主意。"

交际花突然一个人回来,明明是知道了大妈瞒着她讨秀芬的事,大伯竟然没一同回来,看来将会有一场大风波了。大妈也着了慌,连声问先生:"你看该怎么样呢?"先生平时教我读书有条有理,令出如山。但是遇上这种事，他也没了主意，只会把佛珠拨得更响地说："她既然是见过世面的交际花，一定会识大体的。她下乡来，你就一五一十据实对她讲。人都讨进来了，又已经有了喜，她还能怎么样？"

大妈想了想说："对啦，我就照实对她讲，我倒要问她，她讨进来的时候，几时同我商量过？"

他们在堂屋里低声商量着的时候，秀芬都听见了，她脸色惨白，颤声地问我："你大妈为什么不早告诉我？我怎么办？我怎么办呢？"

"你放心吧！有大妈呢，那个人不会为难你的。"我勉强安慰她；心里却是万分焦急，也不知那姨太是怎样的一个人。如果真是知书明理的，一定会体谅大伯大妈的心意，也顾全大家的面子的，只是苦了秀芬了。

"他为什么自己不一起回来？他明明是不打算要我了。"秀芬不由得嘤嘤啜泣起来，接着又是一阵呕吐。我紧紧抱着她颤抖的肩膀说："你不要急嘛。"

大妈走进厢房，愁容满面地对秀芬说："秀芬，我没先对你讲是怕你害怕，心想等生米煮成了熟饭，你的名分也定了。你肚子争气，还怕她做什么？你就在我身边，与她河水不犯井水，你只管宽心吧！"

秀芬在厨房里呆呆坐着，只是落泪，我知道她伤心的是觉得自己被大伯欺侮了，而不只是害怕交际花姨太。

阿川叔却理直气壮地说："肚子争气顶要紧，谁叫她讨进来两三年了，连个屁都放不出来？"

他是粗人，但一根肠子通到底，对大妈忠心耿耿。讨秀芬姨的事，他出了一半的主意，一听大伯没一起回来，就有点冒火，说做官的还没种田人有担当呢。

叶伯伯叫人带口信来，说二太太坐了两天轮船头晕，不能下乡，请大妈带了秀芬去叶宅，大家见见面。阿川叔生气地说："她是老二，你是大太太，她应当来见你，哪有你去看她的道理。"先生却说："当着叶伯伯，把事情说个明白也好，这种时候，也就不要论什么大小了。"

大妈还是听了先生的话，要带秀芬去城里叶宅看那交际花姨太。不用说，她一定是个威风凛凛的人物，不然，怎么连叶伯伯都这么将就她呢？

临走时，秀芬反而显得很镇定的样子，对我说："我总归打定主意了，我也不怕她。"

"对！不要怕她，又不是你自己要到我们家来的，是大伯大妈讨你进来的。"

"不要提你大伯了，我不相信他。"她使劲地咬着牙说,"他一定是叫她来赶我走的。"

"不会的,他明明是喜欢你的,何况你已经有了身孕。"

"阿娟,我真傻,我真后悔。"她又哭起来。

我紧紧捏着她冰冷的手,却想不出一句安慰她的话,眼看她惨淡着容颜,无心梳洗,随着大妈去城里了。她们一走,我就像热锅上的蚂蚁似的在家里团团乱转。岂止是我,阿川叔也坐立不安,还有先生的念佛珠,啪答啪答拨得越响,我的心越乱。

我不禁想起六叔,想起秀芬初来时,六叔和我们谈天玩乐的情景。如果秀芬能同六叔配成双,该是多么好的姻缘,秀芬会有多幸福!但如今秀芬却注定了要受苦。

大妈带秀芬去城里,只在叶伯伯家过了一夜就回来了,一进门,我就看出她神色不对,秀芬的脸色更是惨淡。也不知她们三人见了面是怎么个情形,我担心、焦急又好奇,还没等大妈坐定,就忙不迭地问:

"大妈,那个人怎么样?"

"当着叶宅的人,她倒是客客气气的,还喊我一声大太太,我哪要她喊什么呢?"大妈皱着眉头,一手捂着胸口,她一定在心气痛了。

"她见了秀芬呢?"

"她一双眼睛尖尖的,直盯着秀芬看。把她拉到身边坐下,问她几岁,问她的手为什么这样冰冷。你只要看这女人一身衣着打扮,那张细皮白肉的脸蛋儿和一对水汪汪的眼睛,叫你大伯怎么不给迷住?"

"她盯着我看的时候,就知道她一定容不下我的。"秀芬苦笑了一下。

"她对你怎么说?"我连忙问秀芬。

"她说我身子这样单薄,要把我带出去,跟在她身边好好调养,她多用心思啊!她还夸我手工做得好,她明明是看见我给你大伯的那个香袋了,她一定是为这个才赶来的。"

"秀芬,你真是的,你给他香袋做什么?他粗心大意不当一回事,却闯了祸了。"大妈抱怨地叹了口气,又接着说,"她眼睛真好尖,看秀芬好几回呕吐,马上说:'呀,已经有喜了吧,那就好,那就更得仔细,老爷同我也都放心了。'我马上说秀芬是坐小汽船头晕,肚子不舒服,不是有喜。她哪里会相信呢?"

"你怎么说呢?"我又急着问秀芬。

"我就是一声不响。随便她说什么,我已经把定心思，打死我也不跟她走。"

"对，你就是不跟她走。你在乡下跟着大妈，我们三个人永远在一起，大伯总会再回来的。"我说。

"他怎么会再回来呢？"秀芬绝望地说。

"他若是有良心，就该快点回来。"大妈恨恨地说，"奇怪的是叶先生与叶太太，还帮着她说，劝秀芬跟她去，在你大伯身边的好。我一时也不知怎么说才好。"

"我不去，我不是跟您说过，宁可跟您一辈子吗？您若是不管我，我就宁可死。"秀芬激动起来了。

"年纪轻轻的，怎么说这种话。"大妈生气地说，"慢慢地想个法子，我真是一千个一万个舍不得你，还是把你带回来了。"

"但她不是说吗？叫我回来把衣服整理一下，明天就派叶宅的用人来接。她不是说吗？不把我带出去，不好交代，说轮船票都买好了。她明明是逼我。"

"你不要急，"我安慰她，"你反正拿定主意不跟她走就是了。"

"我也不怕，我总归是不跟她去的。"可是秀芬的声音很微弱，我真不知道大妈和她怎样对付交际花姨太太。

11　瓷娃娃碎了

我们一夜都翻来覆去没睡好，秀芬又不时地要呕吐，我真担心她会生病。天还没亮，她就起来了，对我说：

"我还是回哥哥嫂嫂家躲一天，叶宅的人来，找不到我也只好算了，等他们走了我再回来。"

"那怎么行？大妈会急坏的。"我说，"还是跟她讲明白的好，大妈疼你，你不肯去，她不会逼你的。"

"你大妈心肠太软，挡不住她的，我还是先走一步好。"

"我不放心你一个人走那漆黑的田埂路，我送你去。"

"千万不要，两个人都不见了，大妈才急坏呢。等她起来问我了，你再告诉她，叫她放心，我会当心自己的。"

我也不知怎么办才好，秀芬就顾自穿好衣服。天已很冷，她头上包了块蓝布，棉袄外面再套件背心，提个小包袱，就悄悄开后门出去。我送她到门口，眼看着她在灰蒙蒙的天色中走了。

她走后，我马上就后悔不该让她走的。她身子不好，又空着肚子,深秋的田埂路潮湿难行,万一滑一跤怎么办?我们为什么不跟大妈、阿川叔商量呢?但又怕大妈不放她走。七上八下地担着心事,听见大妈起来进厨房了,我也不敢出去,大妈还当我们在睡呢。直到个把钟头以后,才出来告诉大妈。大妈又急又气,怪我太不懂事,不该不拦住她的。她马上拉着我一起去追,生怕她出事。我们从后门出去才走不了几步,就看见秀芬竟坐在一株大树下,靠着一块石头直喘气。我们大吃一惊,赶紧扶她回来,躺回床上。大妈熬了碗红糖姜茶给她喝下去,半晌,她才有气无力地说:"我到哥嫂家敲门,告诉他们实情,想在家躲一躲,他们不肯开门。阿嫂说大户人家惹不得,她不敢收留我,一定要我回来。哥哥也骂我不懂事,还说我有福不会享。我站了很久,怎么求也没有用,只好拖着身子回来。都要到家了却跌了一跤,实在撑不住就坐下了。"

大妈边听边埋怨,叫秀芬躺下不要做声,叶宅的人来,她会回他说秀芬回娘家了。

正说着呢,叶宅用人就来了,他和阿川叔很熟,只听阿川叔大声对他说:"你就对二姨太讲,秀芬肚子里有了,要保养,不能上路。若一定要她去,就叫老爷自己回来接。"

叶宅用人爽快地说:"对,我就这样回她话,本来嘛,哪有她一个人自说自话带她走的。"

他只跟大妈打个招呼,连茶也没喝就走了。

一场风波总算是过去,秀芬可以安心了。没想到不一会儿,秀芬肚子就痛起来,大妈一听她说肚子痛就急得什么似的,连忙去剪了七段麻线,熬了一点桂圆汤要她喝下去,说是安胎的,又伸双手去捏她脊背骨,把她两只耳朵使劲往上拉,说是会把胎儿拉住。大妈没有生养过,但看她对生产的知识好像很丰富,我又忍不住想笑。秀芬经她捏一阵,拉一阵,舒服得慢慢睡着了。

我不放心,一直坐在床边陪她。她醒来时低声对我说:"我真不该叫大妈操心的。"

"现在没事了,叶宅用人走了,那个姨太也一定走了。"

秀芬忽然想起她的包袱来,叫我打开,说里面还包了那个瓷娃娃。原来她走得那么匆忙,还带着瓷娃娃呢。我连忙打开包袱,取出红布包一看,瓷娃娃竟然断成两截。秀芬的脸色马上发白,颤抖着声音说:"怎么会碎的?一定是我不小心跌跤时砸碎的,怎么办,怎么办?"

"不要急,再去庙里抱一个来好了。"我尽量轻松地说。

"这是不能打碎的,大妈看见了会生气的,你替我收起来。"她的声音低微,脸色越来越苍白。瓷娃娃碎了原是件普通事,但在秀芬心里却留下了阴影,我也随着惴惴不安起来。

傍晚时分,秀芬忽然肚子一阵大痛,接着就出血,秀芬小产了。大妈一边流泪,一边把我推出房门,我心慌意乱,真像将有大祸临头似的。从窗子里看见秀芬脸色像白纸,真以为她已经死了。

郎中来把了脉,说胎儿掉了,年纪轻,养一阵就好,也没给开方就走了。大妈既担心秀芬,又心疼胎儿,嘴里却也不好再埋怨秀芬,只叫她好好休养。秀芬没说一句话,精神却一天比一天萎靡,茶饭不思,只是昏昏沉沉地躺着。有时烧得脸血红,有时又脚手冰凉,额角不时冒冷汗。郎中再来把过脉,说是产热症。不能喝凉茶,不能吹风,过四五天自会退烧,也没药给她吃。但才两天,热度越发高了,整天闭着眼睛,给她喂点开水,舌头是黑的。大妈慌得不知如何是好,她本来就是最会发愁的人,这下胃又痛起来了。她去问先生有什么主意,先生说,该写封信告诉大伯知道,"秀芬病了,胎儿也没有了。"看他这下子回不回来。阿川叔去邻村请了个郎中来看,吃了药,热似乎退下些,郎中说急不来的,是出血太多,底子太亏了。

我晚上不能陪她一床睡,白天除了在书房读书,总是坐在秀芬旁边陪她。眼睁睁看她病成这个样子,心中真是悔恨,不该不拦住她大清早走山路回哥哥家,不跌那一跤,胎儿不会掉,她不会这么心疼,身体也不会这么吃亏。想想她把整个心灵都托付给大伯,大伯对她却一点也不关心。姨太来,究竟大伯事先知道还是不知道呢?总之,秀芬若是有个三长两短,不都是大伯害的吗?

我越想越担心,也替秀芬不平。趁秀芬睡着时,就到书房摊开纸给大伯写信。告诉他秀芬病了,请他回来看她。先生说:"我来加一笔,开个信封寄到他公事房去,比较放心。"

我忍不住问先生:"先生,您天天拜佛,佛应当是顶顶慈悲,顶顶公平的,秀芬姨这样好的人,佛为什么不保佑她?"先生给我讲课时,一向言笑不苟,可是这会儿他显得很和蔼关心,他叫我在佛堂前的蒲团上跪拜,虔心念佛。用沉静的声调对我说:"阿娟,不要怨佛菩萨。

世间事,都不是人的力量能够挽救的,秀芬是个好姑娘,菩萨会保佑她的。万一有什么,也是她前生定数。你也十六岁了,读了一些书。世上许多事,看去都是不公平的,但我们也不能抱怨。这都是佛家说的因果,都是定数的。"

先生的话,我半信半疑,什么叫作因果,什么叫作定数呢?秀芬这么好一个女孩,难道是她前生作了孽,今生来受罪吗?大妈这么勤俭善良,却一生劳累担忧。那个交际花姨太,就该一生享福吗?这是公平的吗?

我把信托阿川叔带到街上寄了,回到厢房,在秀芬床沿上坐下,看她微睁双目,精神似乎好些了。我轻轻捏着她的手说:

"你吃了药,睡得很好。"

"我没有睡着,在想好多事,我有好多话要跟你讲。"

"等精神好点再讲吧!"

"我心里像挖空了似的。喝点粥又想吐,看来很难好了。阿娟,我真生气,我对不起你大妈大伯,没有当心身体。"

"不要跟自己生气,病好了就什么都好了。"

她摇摇头说:"不一样了,现在没有指望了。"

"以后的日子长得很，大伯不久会再回来的。"

"阿娟，你是没有看见那个姨太，你若是看见了，就知道大伯那次回来，为什么很快就走了。你大妈是豆腐心肠，就算再厉害的人，也斗不过那个姨太。大妈一辈子住乡下落得心清是对的。"

她滔滔不绝地说着，我生怕她太累，劝她少说话，她平时从来也没这样爱讲话的。她又叹了口气说：

"我真想再见你大伯一面，路这么远，他哪里还会再回来呢？"

真没想到她与大伯短短时日的相依，竟会对他这般地一往情深，真个是像戏台上唱的"一夜夫妻百夜恩"吗？大伯这样一个对小辈严峻的男人，秀芬战战兢兢地做了他的小妻子，他却一下子就赢得了她的心，秀芬真是个痴情女孩啊！想到这些，我不由得低头不语。半晌才说：

"先生劝你念观世音菩萨，菩萨会保佑你的。"

"观世音菩萨给了我娃娃，我不当心砸掉了。我还记得在庙里求的梦，那扇厚门给一枚大钉子钉死了，明明不是个吉利的梦，老法师还说是添丁呢，现在不是不准了吗？"

她还是念念不能忘记掉了的胎儿，她是陷在幻灭的痛苦中。除非大伯再回来，没有办法能使她再点燃起希望。大伯若是收到信不回来，我真不能不恨他的绝情冷酷了。但我不敢告诉秀芬已写信去了。

12　永诀

我想起六叔来，自从那次他提前回城里后，就没再下乡来过。我真盼望他能来看看秀芬。她病成这个样子，难道不该让她见见家里的亲人吗？

于是我偷偷到乡公所打个电话给六叔，请他无论如何回来一趟，看看秀芬。我天真的想法是，希望六叔能给秀芬一番开导，让她知道人人都关爱她，让她懂得，天地间原有种种不同的爱的。

六叔一听秀芬有病，就毫不犹疑地答应回来了。

为了纾解秀芬郁结的心事，我就先告诉了她，六叔要回来了。她疲倦的眼神，似乎闪起一丝光彩，却问我：

"他怎么想到回来的呢？"

"我告诉他你病了，他要来看你。"

"他还是不要来的好，大妈同阿川叔都会不高兴的。"

"自己一家人嘛，彼此都应当关心的。"

"你不要对他讲我的病情，我不要他知道。"她黯然地说。我可以想得到她复杂的心情，也不免感触万千。

六叔来了，大妈有点意外，但还是把秀芬的情形一五一十对他讲了，他有点着急地说："还是送城里医院吧，郎中是看不出什么名堂的。"

大妈一听送医院就更急了，乡下人生病，哪有送医院的呢。六叔却说："病到这种情形，光是吃中药是没有用的了。"

说着，他就由大妈和我陪着进屋去看秀芬。秀芬一见六叔，就挣扎着欠起半个身子，轻声喊了声六叔，当着大妈和我，眼圈儿还是忍不住地红了。六叔站得离她的床远远的。我上前扶她平躺下去，才觉得她身子好重好重，心中不免一惊，因为我常听人说过，病人的身体扶着时觉得重，就是病重了，因病人自己没有力气动了。

这间厢房本来光线不亮，幸得靠正午的阳光从窗子透进来，映着秀芬失血后的苍白脸色，反显得格外惨淡。六叔对她也没有正式称呼，只说了声："你安心养病，我回城里给你接洽医院，请大嫂送你去医院休养，比吃中药好得快。"

秀芬一听说去医院,就连连摇头说:"我不要去医院,我一定不要去医院。我只是累,躺几天就好了。"

六叔也不和她多说,又不能上前去,像我们般捏她的手,还是远远站着跟她说:"我再来看你。"就退出屋子了。

就这么短短的一次见面,彼此四目相望,秀芬千言万语无法表达的忧郁,六叔满腔关怀却又不得不强作镇静的神情,都清清楚楚看在我眼里。大妈本来就是个愁风愁雨的人,秀芬这一场意外重病,更害得她六神无主,一下子苍老了好几岁。一家人都陷在愁云惨雾之中,我不禁在心中又怨起逍遥在远方的大伯,他可曾想到他的冷漠与自私,给予秀芬精神上与肉体上的折磨有多大?他收到我的信后,究竟会不会兼程赶回?纯洁的秀芬,她贡献了全部的爱,真个抱着一夜夫妻百夜恩的痴情。而大伯只不过是要她为他生个男孩,回去以后,连一封信都吝惜地不给她写,秀芬为这样一个陌生的薄情人,病到这步田地值得吗?而六叔?明明对秀芬一见钟情,却是相见已晚,单是在橘园里他对她的注视神情,就可看得出来。但因彼此碍于身份,不得不强自压制。我知道秀芬的心情是非常复杂，也非常迷茫的。她可能自己也分不清爱的是大伯还是六叔。不然的话，为什么她盼望大伯回来，又那么希望见到六叔呢？

面对着这一切的情景，我不由得又想起六叔那句常爱叹息着说的话："人生原是充满着无可奈何。"

六叔只停留半天就回城里去了，他对大妈说，接洽好医院立刻打电话到乡公所转告她。

六叔去后，秀芬忽然显得精神兴奋，身子翻来覆去，眼睛也睁得大大的，额角一阵阵冒汗。我担心地问她："哪里不舒服吗？"她摇摇头，半晌却忽然笑了笑说："我真觉得这几个月在你们家，像做一场梦。当初我肯来你们家，是因为记着娘改嫁时对我讲的话，娘说'女人家的命就捏在男人手里，嫁个有良心的男人，命就好，嫁个坏良心的，命就苦。'我想你们大户人家的男人总是好的，做小有什么要紧？况且一看见你大妈，我就放心了，我原不知还有个姨太的。"

"大妈没对你明讲，是怕你不肯，她实在太中意你了。"

"来了没几天，怎么会这样巧地碰见你六叔。他对我那么好，我心里才七上八下起来了。阿娟，你说奇怪吗?"

她突然神气清明,像是要把心事倾囊倒箧地都对我说了才痛快。我感动地点点头,却接不下去该说什么。她又说:

"你记得吗？在橘园里,他给我一个梨,说不要跟我分梨。我怎么不难过？我们怎么能不分离呢？"她的泪水从眼角滚落到枕头上,我也忍不住阵阵心酸。

"他后来再也不来了,我心里都知道。直到你大伯来了,我起初真想逃走。没想到他待我也那么和气,他那满口的浓茶与香烟味熏到我脸上,我就做不了主了。躺在他被窝里,就像躲在一个没有风、没有雨的山洞里,暖和又安心。但是一到白天,爬出山洞,他就像高高站在山顶上,看也不看我一眼了。那时,我就会想念六叔。若是跟着他,就完全不一样了。他会教我读书写字,带我爬山钓鱼下棋。那该多快乐。但我哪里会有那样好的命,我的命已经捏在你大伯手里了。因此我只好一心一意地等生孩子,等他回来,等孩子长大了过平平安安的日子。哪里想到胎会掉,他也不再理我了!"

她边哭边说,原来苍白的脸颊,因激动而泛起红晕。她把我当个最最知心的人来诉说,我感到对她满心的歉

疚与无助,只哽咽地说:

"你先去城里医院把病治好,回家一心等大伯回来。"

"他不会再回来的,我也等不得他了。"

"你千万别这样想啊!"

"我一定不去城里医院。"她坚决地说,"我也不要再见你六叔了。"

她泪如雨下,半个枕头全湿透了。哭了好久,她才昏昏沉沉睡去了,我真感到肝肠寸断的痛楚。

秀芬一夜呻吟,大妈和我都不放心,就端两张靠椅在床边坐着陪她。阿川叔也守在房门口,打算第二天一早去请郎中。菜油灯半明半灭,窗外的风嘶嘶地吹着,冷清清的夜,顿时使我害怕起来,连声喊大妈,问她:"秀芬的病要紧吗?"她也没了主意,只说:"乡下人胎掉了有的是,没见过有这个样子的。"她也决定要把秀芬送医院了。

天已大亮,秀芬还是没有醒来,大妈特地去熬了一碗红糖姜汤,打算把她叫醒,给她喂几口提提神。我轻轻摇了她几下,她睁开眼来,茫茫然地看着我,有气无力地问:"天还没亮吗?屋子里怎么这样黑?"

我暗暗心惊,这时玻璃窗外的阳光已照进来,屋子比平时都亮，她怎么说屋子暗呢？

"把灯点起来好吗？我看不见你们。"

大妈一把抱住她喊："秀芬，我在这里，我和阿娟一直都在你身边。"

"大妈……阿娟……"她伸出手在空中乱抓，我们赶紧把它捏住，我附在她耳边轻声喊她。

"我听不见，怎么声音这样远？"

大妈立刻念"大慈大悲，救苦救难观世音菩萨"，我也跟着大声地念。人在绝望、惊惶、无依的时候，也只有祈求神灵的佑护了。

秀芬闭上眼，神情似渐渐安静下来。她的手在我手心里似乎愈来愈寒冷，也似愈来愈沉重，沉重得从我手中垂落，我再也抓不住它了，我再也拉不住秀芬了。她只长长地吁出了一口气，就没有再呻吟了。大妈解开她胸口的衣服扣子，抚摸她，千呼万唤地哭着喊她，她没有再睁开眼睛。秀芬，她就这么走了。我怔怔地看着她，不害怕，也不悲伤。她走了，她以后不用再煎熬，不用再盼待、再忧焦了。

13　伤逝

秀芬来到我家，短短不及半年，却像挣扎了一生一世。她怀过希望，领受过一丝丝虚无缥缈的爱，却尝尽了生离死别之苦，最后付出了微弱的生命。这究竟是谁的过错？难道真是先生所说的，前生定数的吗？还是她命苦，不该生在这样一个不公平的时代呢？

大妈的悲伤不用说，她内心更有说不尽的忏恨。她只是喃喃地念着："这个苦命的孩子啊！是我害了她了。"我痛定思痛，想起这半年来与秀芬的相依相伴，更禁不住悲从中来。想起她从猪栏边的篱笆门脱去黑布衫，穿一身简单朴素的新娘裙袄跨进这间小厢房，坐在床沿上，眼望着一对红烛，点燃起希望。如今这间屋子，竟是她带着绝望的呻吟，吐出最后一口气的地方。秀芬的遭遇，使我也似尝尽了人世的悲凉，我哭的不只为秀芬，也为大妈一生的劳累忧焦。今后，她将更背负着一份沉重的内疚，永难忘怀。

还有六叔呢？他匆匆赶来见秀芬最后一面，想救她一命而不可得。秀芬的死，将在他心田上烙下刻骨的伤痛。他看似洒脱，却是天生带有几分悲剧气质的人。他借我看的文艺小说也多半是悲剧性的，他教我领略的人生滋味，比先生教我读的古书丰富深刻得多。他曾经对我说过，就为免得"悲莫悲兮生别离，乐莫乐兮新相知"的矛盾痛苦，他宁愿独身不娶。想想他和秀芬，未相知便已别离，这不正是他所说的"无可奈何"吗？

秀芬的丧事由阿川叔简单料理，先生为她在佛堂里念弥陀经超度。我不懂得什么叫作超度，认为秀芬的早逝，就已得到佛的慈悲超度了。

暗淡明灭的琉璃灯在空中摇曳着，先生的念佛珠又啪答啪答地响，听起来不再像以前那么使我烦心，却觉得每一声都敲打出一段时间，而逝去的时间永不再回头。秀芬去了永不再回来，我也又长大了半岁，却似长大了十年，连眼泪都不再能化解沉哀了。

大妈和我一同整理秀芬的衣物时，在枕头角落里摸出那个红布小包的破瓷娃娃，大妈看了一眼，叹口气把它搁在床头几上。阿川叔拆床铺时，碰倒床头几，瓷娃娃掉在洋灰地上，我连忙把它捧起来，却越发碎成几块了。

秀芬的希望早已幻灭，她人都走了，瓷娃娃碎成多少块又有什么关系呢？可是大妈还是念了声佛说："罪过啊！"究竟是谁的罪过呢？是大妈吗？是大伯吗？还是那个交际花姨太呢？无论如何，秀芬是没有一丝罪过的，但是秀芬却承担了一切。

我反复思考，时常深夜醒来，不能再入梦。那间冷清清的厢房，是我和秀芬一度抵足而眠、倾吐心事的屋子，如今却空洞洞，冷清清，我再也不愿踏进去，受不了那份阴森凄冷。

我噙着眼泪收拾秀芬唯一的衣箱时，发现在箱底有一个用手帕包着的小包，打开来一看，是一本小小的笔记本，和一个挑花小香袋。我翻开笔记本，第一页上写着："给秀芬写生字，一天认两个字也好。"下面的签名是周平。原来六叔在什么时候送了她这本笔记本。第二页是六叔用铅笔画的自画像，他对她的细心关爱可想而知。六叔一直都没告诉我，秀芬也一直未向我吐露。她绝不是有意瞒我，一定是她对大伯与六叔二人之间的迷茫矛盾心情，使她觉得宁可把这段心事永埋心底，免得我为她操心。至于六叔，他不肯对我说，我也能谅解，因为他总把我当不懂事的孩子，怕我会取笑他。何况一个大人，心底角里总会有一处不容别人发现的秘密，这个秘密只属于他所爱的人，只愿与她共享。这不就是"惺惺相惜各成痴"的一份情意吗？如此看来，那个与笔记本包在一起的挑花小香袋，一定是秀芬在上面许下心愿，打算送给六叔却又不想送的吧。

秀芬逝后一周，六叔回来了。他脸上平静得看不出有一丝的伤感，与大妈略略说了几句话后，就同我到橘园里散步。我们坐在矮墙头上看西垂的落日，云层很厚，天边的晚霞是深灰中透着紫红，使我觉得，忧郁而疲惫的一天，总算过去了。

橘树上已没有一个橘子，树枝也脱落得光秃秃的。泥土里还零零落落掉有几枚橘子，灰扑扑的早已腐烂。今年的橘子已经红过，成熟过，明年橘树会再开花结果，橘子会再红再成熟。但明年我不会再有心思"一双、两双、三双"地数橘子，也不会再有心思把小小膀丁橘采下，让大橘子长得更红更肥硕。我也用不着再写信告诉大伯说"橘子红了"。在大伯看来，秀芬的死，大概就像一个橘子掉落在泥土里吧。我没有心情写信给大伯，是先生写信告诉他秀芬的死。我不知道他会怎样想法，至少在他以后给大妈三言两语的信中，末尾不用写"秀芬均此"四个字了。

六叔与我都默默无言。天已渐暗，初冬的寒风吹来，凄凄冷冷的。我们走进堆杂物的小屋，光线更暗，六叔在小桌抽屉里找到阿川叔丢在里面的半截蜡烛与火柴，把烛点燃了。蜡烛虽然是红的，但火苗显得微弱暗淡。六叔无精打采地说："等蜡烛燃完了，我们就进去吧。"

我一只手插在口袋里，摸着的是我早已放在里面的小笔记本与小香袋。要不要给他看呢？我心里犹豫着，却听六叔自言自语地说："我真悔恨做了一件错事！"

我迷惑地望着他。

"我不该给秀芬添心事的，她已经够苦了。"

"你说的是这个吗？"我把笔记本摸出来递到他面前。

"啊，在你这里，是她交给你的吗？"

"没有，她一直放在箱子底，用手帕包得好好的，还有这个。"我又把小香袋递给他。

他惊讶地接过去，放在手心左看右看，看呆了。

"她细心地做了香袋，但没有给你，只和你给她的笔记本包在一起，藏在箱子角里，也藏在她心的角落里，跟我也没说。"

六叔痴痴地望着蜡烛，蜡泪一滴滴淌下来。

"你收起来吧,这是她给你永久的纪念品了。"

"她在小学的时候,是个很活泼的小女生。喜欢唱歌舞蹈,级任导师很喜欢她。记得有一回,我们班级踢球比赛,她爬在矮墙上拼命地叫:'周平大哥,不要踢了,不要踢了。'我好奇怪她这么叫,但仍没理她,她还是叫,叫得我分心,一不留神,皮球撞在我鼻子上,撞出血来。我就骂她乱叫什么,她哭丧着脸说:'我怕嘛,怕你跑得那么快,踢得那么凶,会跌跤受伤的呀。'同学们都拍手笑她,又用手指画着脸羞她,她就哭了,蒙着脸边哭边跑,自己反倒跌了一大跤,我也没理她。事后想想,她实在是个软心肠的小女孩,看我们那副穷凶极恶地踢球,实在害怕。"

六叔说着说着,全心全意地回到了小学时代。童年的欢乐,在他黯淡的脸色上,刹那间掠过一阵光彩。但他立刻又紧锁起眉头,长叹一声说:"她休学以后,大家也都把她忘记了。再没想到,她长大以后,我们会成为一家人。第一次见到她,若不是她喊我名字,我再也想不起她来了。"

"真是人生何处不相逢啊!"

"阿娟,你现在懂了,意外的重逢,不一定都是快乐的，所以我以后就不再来乡下了。"

"但是你还是偷偷给了她小笔记本，画上自己的像。她一直是非常念你的。她永远记得你给她的那个梨，你说不要跟她分梨。她很伤心地对我说：'我们怎能不分离呢？'六叔，你们明明注定了是要分离的。先生说过，世间事，都是前生数定的。说实在的，她若是不到我们这种人家来，嫁个种田人，一定过得快快乐乐的。到我们家来，若不是遇见你，她也就一心一意侍候大伯，做个偏房，跟着大妈过一辈子。大妈说她只要生了一男半女，后半生就有好日子过了。"

"怎么可以相信前生数定？阿娟，命运是靠自己奋斗的，幸福是要自己争取的。先生年纪大了，念经拜佛，思想古老落伍了。现在是个新的时代，你可不能这样想法。我不是带许多新书给你看吗？我认为拜佛是帮你增加自信心和勇气，不是依靠佛。"

"我知道。不过秀芬幸得没读什么新书，就让她安安心心相信命运，相信定数吧。"

六叔没有再说话了。蜡烛即将烧尽，风从窗户破洞中吹进来，由于成堆的蜡泪，火苗反而加大了。望着跳跃的火苗，我不由得想起秀芬命如游丝之时，有一下子回光返照，精神反而好起来，絮絮叨叨地同我讲了许多话。但为了不再使六叔伤心，我还是把满心想告诉他的话忍下去了。

蜡烛马上就要熄灭了，六叔眼神定定地注视着它，直到烛芯蜷缩在蜡油里，他才轻轻吹熄余火，幽幽地说："我们进去吧。"

他把笔记本和香袋小心翼翼地收在内衣口袋里，拍拍我的肩说："以后我们不要再提了。"

我当然不会再提，但我们心里能忘得了秀芬吗？

走出小屋，一阵寒风吹来，树叶纷纷飘落。冬已来临，橘园又将有好长一段日子冷冷清清的了。

大伯的回信来了，他写道："秀芬病殁，至为哀痛。灵柩希暂厝橘园一角，待我归来后善为安葬。"

大伯真的会把秀芬放在心上，说自己"至为哀痛"，但"待我归来"，究竟是哪一天呢？难道让秀芬死后还要无年无月地等待吗？想起秀芬抄的那首诗"君问归期未有期"，我真是好心酸。

大妈淌着眼泪说，大伯是个好心肠的男人。大妈心甘情愿地住在乡间，默默地盼待着他定时"贤妻妆次"

的简短来信,度着淡泊的一生,也就因为她信任大伯是个好心肠的男人吧!

钱塘江畔

我高中毕业后，为遵从严父之命，就近进入杭州之江大学，心中总觉有点委屈。因为我的志愿是去北平念呱呱叫的燕京大学。当时的高中及大学生有几句评语是："北大穷，师大老，只有燕京清华呱呱叫。"我既然"呱呱叫"不起来，只好当一个土头土脑的本地大学生了。没想到一进之江，看到巍峨校舍背山面水的大气派，听了开学典礼中校长和各位主任的训诲，心中疑虑顿息，而且立刻就爱上这所大学了。

之江的风景之美，据说居全世界大学第四位。办公大楼的慎思堂，居高临下，面对波涛汹涌的钱塘江。背面是水木青华的秦望山，远处是雄伟的南北高峰。出校门下山，向左走不到数百步就是六和塔。向右步行一小时即可到品茗胜地九溪十八涧。在秦望山上远眺，只见西湖像银白色的一个圆点，点在银白色弯曲的钱塘江边上，形成一个"之"字，也就是之江大学之所以得名。

我幼年时在故乡看《东周列国志》，知道钱塘江潮水的故事：第一个大潮头是伍子胥的怒气，第二个紧接而来的是闻仲的怨气。所以钱塘江潮水是一前一后奔腾而至。我曾随双亲至海宁观潮，亲眼看见滔天白浪，张牙舞爪向我迎面扑来，心中有点畏惧。又想起戏台上伍子胥怒目吹须，仰天号哭的神情，不禁合掌向潮头拜了三拜，表示对历史上孤臣孽子的崇敬。

我进之江时，中国最伟大的工程之一钱塘江大桥正在施工中。因此于课余之暇，同学们都三三两两，到江边散步，欣赏江上秀丽的朝暾夕晖，也参观工程人员的工作情形。尤其是土木系同学，对此最感兴趣。有时还上小汽艇去实地领略一番或帮点小忙。对于如此艰巨的工程，我们居然能身历其境地去感受，确乎是非常幸运的。

想起当时我们女生都不喜欢上体育课的球类，老师也就网开一面，让我们到江边划船。也无非比划比划，送我们每人一个七十分。然后就一群人嘻嘻哈哈地到六和塔下的小摊上吃片儿汤，吃饱了，迎着晚风唱歌回宿舍。一路上还买些水果、花生、老菱等，边走边吃。年轻人的橡皮肚子，是永远胀不破的。有时，就会有自告奋勇的男同学来帮忙提东西，女生就落得轻松。

有一次，我和同寝室最知己的同学邹小乔才坐下来吃片儿汤，就看见一位高高大大的男同学走来，在小乔的对面坐下说："小乔小姐，桌子不够了，我和你们一起坐可以吗？"我向来比较羞怯，没有作答，小乔点了点头表示同意。原来这位男同学是土木工程系的韦明峰，全校都认识的"大力士"，在迎新晚会上，他赤裸着肌肉发达的上身，穿一条豹皮短裤，在台上表演气功，睡在钉板上，肚子上压着大石板，石板击碎了，他背上连钉印子都没有。小乔和我对他的印象是江湖卖艺之辈，一定流里流气，书更念不好，所以这时对他越发爱理不理。吃完了，他就抢着付钱，小乔和我的原则是绝不轻易接受男同学的请客，以免制造闲话。尤其我庭训至严，和男同学说话都战战兢兢，遇到这种情形，就有点不知所措。小乔却大声地说："啥宁（什么人）要侬（你）请客？"上海话带点苏州腔，格外地娇嗔。韦明峰只是冲她咧了咧雪白整齐的牙齿，把亮晃晃几枚银角子撒在桌面上，站起身来，等我们先走。小乔一扭身子，理也不理他就往前走去，我紧跟着她，韦明峰就在我们后面亦步亦趋，非常谦恭的样子。想起他表演气功时那副雄赳赳的神气，刚才被小乔刮了顿胡子，我心里倒有点不忍，却又不好意思理会他。将到校门时，他指了指男生宿舍，用浓重的广东口音说："我住在东斋，那边是西斋。我的寝室是锡（十）号。"

小乔像是听也没听见，我看他可怜兮兮的，就对他点个头，说声谢谢。经过东斋门口时，总以为他该停步了，没想到他仍跟在后面，一路送我们到女生宿舍韦斋的"男生止步"处。我再向他说声谢谢，他结结巴巴地说："明天傍晚，我请你们去江边划船好吗？"小乔早已走进大门，飞奔上楼（其实我们的寝室在楼下大统间。楼上是高年级同学住的，新生似乎要吃点亏。），他的话是在对我说，眼睛却一直望着小乔的背影。我只好代回一声"再说吧"。因为心里知道他是追小乔的,反而觉得坦然大方起来。而且直觉地认为这个男生不错,他健硕的身材,和小巧玲珑的小乔在一起,给人一种英雄美人的感觉。于是我就有意成人之美,要拉拢他们,我那一副乡下姑娘朴实的神情,韦明峰也许感受得出来,反而斯斯文文地对我说了声谢谢才走了。

我和小乔的床是并排儿紧靠的,两人感情极好,时常于熄灯后聊到深夜,无非是些女孩儿家的悄悄话。小乔的中英文都很好,喜欢背诗词,看西洋名著小说。我们讲起缠绵悱恻的《茶花女》或《红楼梦》《断鸿零雁记》来,仿佛自己也是书中女主角,热泪涔涔而下。小乔是外文系,我是中文系,彼此惺惺相惜,无话不谈。当晚我就悄悄地问她:

"那个大力士,好像对你很有意思呢,这么多新的大一女同学,他就已经记得你的名字了。"

"那有什么稀奇?他不是听别的女同学也在喊我名字吗?我最讨厌这种人,自作多情,尤其是广东人,最喜欢当着女同学耍阔。"

"你的成见太深了,我倒不觉得他是那种油腔滑调的人。"

"我就是不喜欢,你这样念念不忘,看来你倒是有点喜欢他呢。"

"你完全错了,我才不会喜欢这一型的男孩子。"

"我知道,你喜欢的是穿着一袭飘飘然的长衫,在月光下吹着洞箫的那种男孩子。"

"你好酸,那是诗词中人物,现实世界里哪会有?你别转移目标,我真的问你对大力士印象如何。我看他人很诚恳温厚,你不是说喜欢温厚的人吗?"

"你又不会看相,怎么知道他温厚?"

"小时候听外公说的,男人额角高,眉心宽,表示心地宽大,鼻子圆圆的,不是鹰钩鼻,嘴巴大,嘴唇厚厚的,就表示温厚……"

"你倒真像个看相的,还有呢?"

"还有就是缺点了。"

"什么缺点?"

"就是后脑勺太扁了点,一定是小时候摇篮里睡得太多了,他妈妈太忙,没工夫抱他。"

小乔咯咯地笑起来,说:"头发再留长点,就看不出来了嘛。"

"对啦,你说这话,可见你也注意到了,而且已经喜欢他了。"

"你别胡说，我才没那么容易喜欢一个人。告诉你，我有三个表哥都追我，我一个也瞧不上。"

"啧啧啧，好神气，我有三十个表哥都追我，我也一个都瞧不上。"

"就因为三十个表哥里面，没有一个穿长衫吹洞箫的。"

"一点不错。"

我们都笑得喘不过气来，直到老舍监韦尔森小姐来巡视，我们才不做声了。

第二天一大早，挑水的校工经过我们韦斋，在窗外轻轻敲了两下说："邹小乔小姐，有你一封信。"

"信？"我比小乔还急，一跃而起，打开窗户，伸手接过来，一看信封上写着："请送韦斋一号宿舍，邹小乔小姐，东斋韦拜托。"我大喊："小乔，大力士开始第一步了。别看他傻乎乎的，你住哪间屋子，他都打听得清清楚楚。快打开来看。"

"你代我拆一下，念给我听。"

"不行，第一封情书，一定得自己拆。"

"什么情书？快拆嘛。"

我只好遵命而拆,高声念:"小乔,本星期六下午,我们一同在江边划船,然后去九溪十八涧喝茶好吗?随你约多少同学都可以,我划船划得很好,可以带队。我在清溪谷的桥边等你们。盼你的回音。"那桥名情人桥,可是大力士不敢直说。

"怎么样,他真是文武全才,挺雅的,而且知道你喜欢喝茶,苏州小姐嘛。"(小乔的母亲是苏州人。)

"我才不去。"

"去吧,我陪你,我情愿当两百瓦的电灯泡,别让他失望了好不好?"

"小珍,你真是道地乡下姑娘,哪有这样一请就到的?"

"唔,非得搭上架子,三请四请才姗姗而去。"

"九请十请也不去。"

"干吗这么绝情呢?小乔,除非你心里已经有人了。"

小乔没有回答,只轻轻叹了口气,好像她不接受男孩子的追求另有苦衷。我们虽知己,她不说,我还是不愿追根究底地问。那封信,小乔就没有回复,韦明峰第一次的邀请落了空,可是从那以后,他竟是每天一封短简,由挑水工友递送过来,放在窗台外面,轻敲一下玻璃就走了。小乔每天早上醒来，第一件事就是打开窗户，取进信来，拆开来看一眼，然后就往枕头或褥子底下一塞。信太多了，就掉到床下，打扫房间的女工友就会随便扫走。我若看见了就急急抢救起来，吹去灰尘，放在她小书桌抽屉里。有时小乔兴致来了，也将一把信都抓出来让我一封封地看，一封封地念。有中文，有英文，他引诗词和西洋诗都恰到好处，情意至为隽永而不肉麻。看来他也背了不少古典诗词，莎翁的剧本尤其熟，读得我也津津有味。这样一个文质彬彬而又英俊挺拔的少年，小乔会丝毫不假以辞色，真是奇怪。不过有志者，事竟成，这就得看韦明峰的耐心了。

有一次，我们到六和塔下散步，然后在钱塘江边的沙石上坐下来，吃橘子，看落日。小乔最喜欢看落日晚霞。她常说将逝去的短暂时刻最美。她这种论调，照我外公的看法，是不大吉利的。不知为何，我会有这种迷信的想法，无怪小乔笑我是十足的乡下姑娘，脱不了土气。

我们正哼着电影里的一支歌曲："Let's you and I go, sailing along the rippling stream, holding hands together…"却听到背后噗噗噗的摩托车声戛然而止。一个带磁性的

男高音，接下去唱："Together，we'll dream."回头一看，正是韦明峰，他居高临下地骑着一辆崭新的摩托车，停在上面的马路上，笑吟吟地望向我们。他得不到小乔一个字的回音，却毫不在意似的。我推了一把小乔说："跟他打个招呼吧，怪可怜的。"小乔抿嘴一笑，抬起手臂向他摇了两下。公主的一丝浅笑，对他真是无上的光荣，他马上跨下车子，飞奔而下，对着我们恭恭敬敬地说："今晚月亮会很好，我们现在先划一下船，然后散步去九溪十八涧品茶好吗？"还是那个老约会，我极力赞成，为了朋友，反正做定了电灯泡。小乔不置可否，韦明峰马上去找一条较新的小船，扶我们上去。坐定以后，他双桨并摇，姿势美妙。他和小乔是面对面的，我虽背对他，却可想象他那份兴奋快乐。小乔也确实欣赏他划船的技术，问他一些控制船身以及如何适应水流的问题，他生硬的广东国语显得特别淳朴，和小乔的呢哝吴语，配合起来，格外令人陶醉。我这个局外人，就像欣赏一部旖旎风光的爱情影片，感到飘飘然的欢乐。划了一阵船，晚霞已由金红转为暗紫，平静的江面跳跃着瞬息万变的光彩。我望着施工中的大桥，不禁叹息建筑工程的伟大。韦明峰告诉我们桥墩内部的构造，和工程人员如何趁着退潮时打下桥墩的艰巨过程。看得出他对于这份庄严工作的向往，和对于工作人员的尊敬，使我立刻感觉到，他并不是个花花公子型的富家子弟，而是一个对人生的意义与价值有着肯定看法的人。想他将来毕业之后，服务社会，一定是个敬业乐群之人。我都有这种感觉，聪明敏锐的小乔还会没有认识吗？我偷觑一下，只见她低着头，望着船边流逝的江水。真的是"欲语还低面，含羞半敛眉"，这神情怎不教一往情深的韦明峰神魂颠倒。

船靠岸后，韦明峰上岸在车子前面口袋里取出一个照相机，硬要为我们拍照，我知道小乔还不会愿意和他合拍照片，就退开一边，让他为她单独拍一张。让伊人玉照，与他长伴。

收好相机，他去小店里买了大包小包的零食，推着车，和我们一同走向九溪十八涧。在茅亭坐下来，打开零食包，正是小乔最爱吃的瓜子和奶油松子糖，韦明峰真是个可人儿。

小乔仍不愿多说话，只是嗑着瓜子，她嗑瓜子的技巧高明，几粒瓜子同时丢在嘴里，用舌尖一舔，喀喀几下，吐出来的壳全部都是完整的。我大大地夸她一顿，她不由得也得意起来说："我妈妈的嗑瓜子技术才高明呢。一把壳吐出来，随风飘在地面上，就像梅花瓣似的。无锡有个赏梅胜地叫香雪海。在亭子的走马廊里坐着嗑瓜子赏梅花，她吐的瓜子壳，可与梅花瓣比美呢。"

"那真是砌下落梅如雪乱，拂了一身还满了。"韦明峰忽然冒出一句后主的词来。

"看不出你这个'土木人'，真的还喜欢文学。"小乔也开腔了。

"学工程是父亲的意思，他说我身体好，有这本钱，应该学点实际科技方面的学识，为国家做点事。文学是我的兴趣，用以陶冶性情，这是受母亲的影响。她在我小时候就教我背诗词。当时只是顺口地背，现在越念越喜欢，觉得其中境界无穷。不知你们觉不觉得，一个人在寂寞、失望时念念诗词，会使人振作起来。想到古人所耐的寂寞和经受的打击，要比我多得多，心里就坦然了。最奇怪的是愤怒的时候读诗词，会让自己平静下来。我父亲曾说过一句话：古来大政治家、大文豪到了晚年，诗词愈作愈多，愈作愈好，就是他们不再愤怒了，苏东坡就是个好例子。"

他一口气滔滔不绝地说下去，真没有想到一个学理工的人，对文学有如此深度的认识与爱好。小乔问他：

"你最喜欢哪个人的词呢?"

"我不是中文系的,还不会分辨各家的作风,只是拣我自己喜爱的背。我很喜欢'悄立市桥人不识,一星如月看多时'这两句,却不记得是谁作的了。我觉得那一份独来独往的苍凉,只有星星月亮才知道。"他说话时,浓浓眉毛下一对眼神一直注视着小乔。小乔却故意左顾右盼地指着我说:"她最喜欢的是姜白石的'旧时月色,算几番照我,梅边吹笛'。"并向我做个鬼脸。

"那么小乔,你呢?"小乔两个字,像从他心儿里流出来似的,那么地轻柔,温馨。

"我也不是念中文系的,记不得太多,我倒是喜欢苏东坡一首《卜算子》。尤其是最后四句:'惊起却回头,有恨无人省。拣尽寒枝不肯栖,寂寞沙洲冷。'"

"对极了,我也好欣赏,这是他自己心情的写照。"

小乔只浅笑一下,没有再搭腔。我但愿他们的交谈能愈久愈好,想起身走开,又怕小乔不肯单独与他相处。不走吧,总觉使韦明峰不能畅所欲言。左右为难中,却想起"毋欲速,欲速则不达"的古训,就索性尽力扮演一个恰当的角色,让气氛显得更为自然而融洽。于是我即景生情地描述了故乡春山绿水的好风光,和自己童年有趣的故事，逗大家笑乐一番。几壶清茶和花生豆腐干已使肚子胀胀的了，才兴尽而归。韦明峰仍旧手推摩托车，送我们到韦斋门前。

晚上，我故意不和小乔谈韦明峰，让她静静地自己体味。

次晨，照例是一封信摆在窗外。小乔拆开看了递给我看，写的是："和你们分手以后，又骑着车去江边兜风，我从来没这般快乐过。小乔，有个要求能答应我吗？让我陪你在清溪谷的桥上散一次步，只要一次就够了。等你回音。"他仍旧不好意思把那座情人桥的名字说出来，生怕恼了小乔。

"答应他吧，小乔，不要让他一直做'悄立市桥人不识'的孤单人儿。"

"那又不是市桥，你比喻得不伦不类。而且我总是不喜欢他骑着摩托车耀武扬威的样子，这和他谈天时的神情不一致。"

"那又有什么关系，人的性格应当是多方面的。"

"性格多方面的人一定是多变的。"

"所谓多方面指的是兴趣，一个人内心总有一点最固执不变的东西。"

"那是什么?"

"爱。"

"小珍,告诉我,你爱过吗?"小乔忽然问我。我有点茫然,只期期艾艾地回答:"没有。"

"我也没有,"她咬了下嘴唇,"可是我若是爱了,我要爱到底,我也不能容忍我所爱的人,为别人所爱,或再爱别人。"

"你真富于想象。影子还没有的事,想它做什么?"我就是那么个浅薄乐观、无忧无虑的傻女孩。

"你不知道我母亲一生有多痛苦,父亲对她一见钟情,结了婚,生下我以后就抛弃她了。我牢牢记住母亲对我说的话:"不要轻易相信一个英俊男孩的甜言蜜语和细心体贴。她说'相思本是无凭语,莫向花笺费泪行',母亲怕我重蹈她的覆辙,几乎不让我进大学呢。"

"母亲那个时代和我们不同,女人一次婚姻的失败,就是永恒的创伤,现在已没这么严重了。"

"照你这么说来,所谓新时代的新女性,就可以随随便便地恋爱,随随便便地结婚、离婚啰。小珍,真没想到你会把爱情看得如此云淡风轻。"小乔几乎是非常生气地提高了嗓门,她从没这样对我说话过,倒把我吓慌了,也不知如何作答。她又继续说着：

"告诉你，不管旧时代、新潮流，古往今来，爱情就是海枯石烂，生死不渝的。你是念中国文学的，这点观念应该比我更根深蒂固。"我被说得哑口无言，看来我真是个毫无人生经验的傻大姐。但由于小乔说出她母亲的事，我反倒不便再苦劝她理会韦明峰了。说实在话，我又知道他多少呢？

邀约散步的信，小乔就没回他。韦明峰的信，还是一天一封不断地送来，而且把在江边拍的照片也附来了，小乔单人照的后面，写着"柔情似水"四个字，因为小乔的眼睛是注视着江水的。

气候渐入冬令，我们也很少去江边散步，就不大见到韦明峰了。只有在每周一次的《西洋哲学概论》课里，可以见到他。在课堂里，彼此点点头，一个微笑，很少说话。韦明峰从来不挤到小乔边上来坐，而且时常迟到，踮着脚尖悄悄在后排坐下，美国教授戴博士总要打趣地喊一声"Good morning, late Mr. Wei!"于是全堂大笑。下课时，他总是最后一个慢吞吞离开教室。小乔有时也会向他看一眼，奇怪的是他从不上前来和我们说话，仿佛那些情意款款的信都不是他写的。我觉得他那么一个生龙活虎的人,却由于小乔对他的冷落漠视,而显得落落寡合起来,心中实在不忍,不由得又劝小乔:"至少给他一封简单的信,谢谢他拍的照片总可以吧。"小乔也被我说动了,用秀娟的字体,写了几句:"照片技术不错,只是背后的题字不甚恰当。天气已冷,我们不去桥上散步,就在明天下午下课后去六和塔,爬上最高的一层,看看钱塘江。"我看了信,兴奋得什么似的,等待第二天在《西洋哲学概论》误上,由我转递给他。

奇怪的是韦明峰没有来上课,他尽管常常迟到,却从不逃课的。直到下课,仍未见他来,小乔也不时注意教室门口,显得心神有点不安,我反而暗暗高兴,因为知道小乔已经渐渐在关心他了。戴教授离开教室时,还拿起点名册看一眼,向我们耸一下肩说:"Late Mr. Wei is really too late this morning!"我笑了笑,小乔却双眉紧锁,十分无情无绪的样子,谁说她冷若冰霜,她已经为韦明峰的情丝所困扰了。

过不多久,校门外忽然传来消息,说昨夜钱塘江建桥工程出了事,施工人员的小汽艇后面的车叶不知怎么被江里的铁丝缠住了,怎么也挣脱不开。因此耽误时间,后半夜潮水上涨,汽艇翻覆,站在桥墩上的人一筹莫展地眼看汽艇沉没，工作人员与浪潮挣扎到筋疲力尽，终于全部丧生了。更令人吃惊的是死者之中竟有一位之江的学生，就是韦明峰。这是不可能的，他为什么深更半夜去江边，也上了工程船呢？小乔浑身颤抖，脸色苍白，我也五内如焚，心慌意乱，一下子牺牲了几十位尽忠职守的施工人员，已经够触目惊心，其中竟然有韦明峰，这究竟是怎么回事？难道他会因小乔对他的冷漠而自杀？不会的，我断定他不是这种人。正在伤恸疑惑之中，挑水工友送来一封信，结结巴巴地说："小姐，真对不起，这是韦明峰的信，他昨晚交给我，就骑着摩托车去江边了。我劝他这么冷的天，去江边干什么，他说心里烦，出去兜一圈。"

"是他骑车冲向江心的吗？"我急迫地问。

"不是的，我去江边看过了，车子还好好停在路边呢！站在桥墩上的工人说，汽艇要翻掉时，他就脱去大衣，跳下江心去帮着营救，想解开铁丝，可是潮水太大，挣扎了很久连他也淹死了。真可惜，韦先生人好热心，对我们工友都很好，他昨晚把信交给我时，叫我一定要多敲几下玻璃窗，等邹小姐醒了，把信交到她手里。可是今早因为这个坏消息赶到江边去，反把信忘了，现在送给邹小姐已经太晚了,我真对不起他。昨天晚上看他心神不定的样子,应该劝住他的,现在说什么都太晚了。"

我木鸡似的呆立着,听工友喃喃地叙述完毕,不禁泪如雨下。小乔更是泣不成声。她内心对韦明峰的歉疚抱憾之深,是无法形容的。工友走后,她把韦明峰最后这封信递给我看,轻轻叹息了一声说:"他真傻。"他的信里写着:"小乔,最近常常觉得,不能得到你的爱,连活着都没有意思了。今夜再骑车去江边兜一圈,也许江水会给我一点启示。因为我总觉得你是柔情似水的——虽然钱塘江的水是怒吼的。什么时候,能得你的允许,一同在桥上散一次步呢?真的,一次就够了,我有好多好多话想跟你谈。明天在课堂里,能得到你的答复吗?"

我无言地把信折好,小乔已在枕头底下,褥子底下,抽屉里,翻出他所有的信。一封封看,一封封折叠。泪水一点点滴落在蓝色的信笺上。谁说"相思本是无凭语,莫向花笺费泪行"呢?对小乔来说,韦明峰这份纯真温厚而带点稚气的爱情,将会使她流一辈子的眼泪。想起她对我说的:"我要是爱就爱一辈子,但我不能容忍他为别人所爱或再爱别人。"现在这番话倒成了无凭的空言了。但以小乔轻易不动情却又情深似海的个性，韦明峰赢得她的眼泪，也算死而有幸了。

我翻开《西洋哲学概论》，取出夹在里面小乔给韦明峰的信，把这第一封也是最后一封无法转交的信，放在韦明峰所有的信一起，为她包好塞在一只匣子里，轻声对她说："以后别再看了。"

小乔幽幽地叹了口气说："戴教授老是喊他 Late Mr. Wei 真是个不祥之兆，尤其今天，我好像就有一种感觉，他永不再来上课了。"

我也百感交集，不知怎么安慰她才好，原是一朵绚烂的爱情之花，未开放便已萎谢了。我原是个不知愁的女孩，而生死瞬息之间的大变，和钱塘江边躺着的几十具殉职者的尸体，这种悲惨的现象实在令人心惊。好多天，我和小乔都不敢去江边。有一天小乔忽然对我说：

"小珍，陪我去桥上散一次步，再去六和塔，爬上塔顶，我要看看钱塘江的水，它为什么要这样愤怒，吞没了好人。"

"再过些日子吧。"我心想，"你何不早点答应韦明峰呢？"想起江边傍晚的彩霞，是小乔最喜爱的，她说倏忽逝去的短暂时光最美。我怀疑韦明峰的爱，在她心湖中所掀起的涟漪，会不会是短暂的呢？

挑水的工友告诉我，同学们从韦明峰挂在摩托车上的夹克口袋中，发现一张小乔的照片，背面写着"柔情似水"四个字。我没有把这话转告小乔，只在心中默默地纪念着这位以全生命去爱的好人。他爱他心中的公主，也爱这世界上所有的人。他又自恃体魄壮健，对水性熟悉，不然，他就不会奋不顾身，跳入巨浪澎湃的江心救人，终于同被江水吞没了。

爱·孤独

琦君

这是我写的"杏花疏影里,弄笛到天明"的词意,盖上"长沟流月去无声"的章,你以为如何?

长沟流月去无声

　　婉若批完最后一册周记，推开本子，看看腕表，已经是深夜一时。她伸伸懒腰，打了个呵欠，觉得肚子有点饿。打开壁橱，取出饼干盒来，一摇却是空无所有，才想起在屋里蜷缩了一个下午，忘了去福利社买点心了。再拉开抽屉，抽屉里一个瘪瘪的报纸小包里还剩下几粒花生米。打开来撮一粒丢在嘴里嚼，偏偏又是坏的，一股烟油味直冲喉鼻，不由得咳呛起来。连忙去拿开水瓶倒开水，热水瓶却只剩下小半瓶水。她倒一点在杯子里，喝了两口，一点不烫，嘴里温吞吞冒着一股消毒药水的味道。她最怕温开水，要喝就是烫烫的红茶。浓浓的，香香的，那像醇酒似的颜色更美；就不喝，捧在手心，凑在鼻子尖上闻闻都好。那淡淡的幽香曾使她的心灵沉静过，也陶醉过。可是现在，手里却是一杯半冷不热的白开水，淋在心口上凉森森的。环视屋子里也是冰凉的。早春的深夜，从窗外涌进一阵寒意，包围了她。她真后悔，应该买个电炉放在屋里，随时可以煮点开水，再买点红茶来泡泡。啊！她又想起红茶来了。可是她就是这么懒散。十多年的教书生活，十多年的单身宿舍生活，把她压缩得成了一架定时开放的放声机。说话是刻板的，进出课堂时，动作是刻板的。一回到宿舍，就像蜗牛钻进了壳，蜷缩成一团，心也像一团揉皱的纸，摊也摊不平直。她不知自己为什么非住单身宿舍不可，台北有位母亲一样的姑妈，她再三地欢迎她，她就是不去，连周末玩玩也很少去。总说自己要改作业，要做礼拜。要做这，要做那。其实她是什么也不想做，有时就整整在床上躺上一天，连饭都懒得起来吃。她不去姑妈家的原因是怕她唠叨："婉若呀，你也该打扮打扮，出去玩玩，散散心才好。年纪轻轻的，怎么变成这样。"姑妈就不止一次地这样说过她。"年纪轻轻的。"唉！都三十九岁了，还能说是年纪轻轻的吗？从二十五到三十九，整整十四年的年华悄悄逝去了。还有那位比她小四岁的表弟彬如，总用一双奇异的眼神盯着她。常常在吃饭的时候，他们面对面坐着，她怎么躲他的视线也躲不开。她想他一定在注视她眼角渐渐出现的皱纹了。他一定在取笑她身上又长又大灰扑扑的黑毛衣了。当他喊她表姐时，她心里好别扭。因为他的声音是那么温和而彬彬有礼，生恐喊响了会惊吓她似的。尤其是当他带了大批男女朋友回家来玩的时候，她就会像逃难似的赶紧逃回学校。她觉得她不是故意严肃，而是她的心再也活泼不起来，年轻不起来了。青春在这十四年迷茫的怀恋中逝去了。怀恋中的人不会再见面，青春更不会再回来了。

她幽幽地叹了口气，叹气在她已成了一种习惯。可是当着姑妈，她就得注意，不敢随便叹气，因为姑妈会说"年纪轻轻叹什么气"。姑妈老说她年纪轻轻的，无异是对她的一种讥讽。但她知道姑妈是无心的。而且在老年人心目中，她，一个小辈总归是长不大的孩子。就是对三十四岁的彬如，姑妈也还是喊他的乳名毛毛哩。有时当着客人,就把彬如急得直跺脚,"妈,你怎么啦?"说着,用眼悄悄瞟她一眼,露出一嘴洁白整齐的牙齿笑嘻嘻地说,"表姐,你不会笑吧?"姑妈就说:"她笑什么,你们还不是一起长大的。"这一说,说得她脸热烘烘的,不得不找个理由走开了。她比表弟大这么多,小时候,表弟脸上挂着眼泪鼻涕都是她给擦的。如今表弟是海外学成归来的博士,大学知名教授。而她呢?一直在中学里教书,一教就是十四年。表弟曾多次劝过她海外深造,还曾为她抄来大学毕业的成绩表,但她就是打不起精神来。来台湾以后,这颗心好像一直在等待中,一年又一年的,终于,她知道他不能来了。就算他能来,他也只能偶尔来看看她,陪她散散步,在幽静的公园里坐坐。就如在西湖孤山放鹤亭中,默默对坐似的。但那时每次见面,她都像有一句最重要的话不曾对他说出来,便匆匆分手了。当时,她总以为会有机会说的,谁知一别就是这么些年,这句话永远没机会说了。不说也好,她又对自己叹了口气,纵然说了,他也不会毅然和她一同来台湾的。因为那时他有一个家,一个心爱的小女儿陷在苏北,他要设法接他们到江南后才能走。没想到变化太快,他来不及去了。现在,他究竟怎样了呢?他还住在那一间临湖的水阁里,悠闲地画他的荷花和竹子吗?他还是自己在屋里点起油炉煮面条吃吗?还是用古色古香的宜兴茶壶,沏一壶浓浓香香的红茶款客吗?他也许已经和他的妻子女儿在一起,但在一起是不是快乐呢?

她就是这么恍恍惚惚地想着,越想越没个完。凄淡的月光从窗帘间泻进来,夜已很深了,脚又冷。她把热水瓶里一点剩余的水倒出来洗了脚,就上床躺下了,躺了半天,翻来覆去地仍睡不着,她又想服一粒安眠药了。服安眠药容易成习惯,她不敢随便多服用,彬如就时常劝她不要用安眠药帮助睡眠。

"别吃安眠药,多散散步,自然就睡得好了。"彬如问她,"表姐,您为什么总不肯出去散步,换换空气?"

她对他淡淡地一笑,说不出所以然。

"从前您不是这样的人,在杭州时,您喜欢骑车,喜欢划船,喜欢爬山。记得吗?我们有一次在西湖苏堤骑车比赛,您膝盖上跌了一大块伤,结果还是您胜了。还有一次夜晚,我们划船比赛,这您就划不过我了,可是在岳坟,加入了心逸先生帮您划,你们胜了。"

他又提到心逸了。他已不止一次地提到他。心逸先生如何有学问,如何洒脱有风趣,他的荷花与竹子又是画得如何地风神飘逸。总之,他也是很钦佩心逸的。可是这次他提心逸时,语音与神情有点特别,熠熠发光的眼神也探索似的望着她,似将照透她的心。

她掉开脸,眼睛望着空茫茫的前面说:

"尽提那些古老的事儿干吗?"

"因为您喜欢追忆,我在帮您追忆嘛。"他顽皮地逗她。

"你错了,我并不喜欢追忆,我的生活没有过去,没有将来,只有现在,扎扎实实的现在。"

"扎扎实实的现在,唔,但愿您能如此就好。我妈总担心您还不够扎实。我也为您担心。在海外的时候,我给您写那样多信,您都很少回。就是回也是三言两语,像给学生作文后面下的批语。但我不是学生,您不知道我读到那种类似'词意畅通''文情并茂'等的批语有多失望。在海外,我也是很孤单的,我渴望亲人的关切,只有妈和您的信才会使我专心读书工作。妈的信是您代写的,您那么委婉曲折地体会妈的意思,字里行间流露出无尽的慈母之爱。而您自己给我的信呢,四个字,惜墨如金,所以,表姐,我真不了解您。"

他哪里是不了解她呢?他是太了解她,也太关切她了。这种了解与关切，给她心灵上增加了一层重重的负担。她宁愿世上再没有一个人惦念她，让她无声无息，静悄悄地枯萎，消逝。因为在人世，她似已无所企盼了，如要说有的话，那就是那一线几乎完全断绝的希望——心逸能来台湾。啊，心逸，你在哪里？你还无恙地活着吗？你肯试着来台湾吗？你为什么不试试看呢？许多人都来了，你为什么不能呢？是为了妻子与爱女吗？可是你为什么又那样使我深深地感觉到，你是爱我的呢？我对你毫无奢望，毫无期求，只要你明明白白地对我说一句，你是爱我的，我就放心了，我也甘心了，此生为你孤独一辈子也甘心了。可是你没有说，尽管每次你那摄人魂魄的眼神那样炙热地望着我时，你都不说。啊，心逸，你不说我也原谅你。因为你是个正人君子，你是个负责任的丈夫与父亲。你不说我更敬爱你，更狂热地单恋你。单恋，是的，我对你只能算是单恋，我不顾同学的讪笑，师友的非议，长辈的劝阻，我曾发下誓，此生只为爱你而活。是的，心逸，我爱你！

然而如今，我们却隔绝在两个世界里，你在我心中存亡未卜，我在你心中也许早已死去。可是我的心不死，整整十四年了，就是这一点点游丝似的希望在支持我，我在等你突然飞来一纸短简，告诉我你平安无恙。在等你有一天会冲出藩篱，来到台湾。啊，心逸，只要我的手能再握在你热烘烘的手心里，只要听你说："婉若，你真好。"只要再一次，我就可以带笑瞑目而逝了。可是有这一天吗？心逸，我们能再见面吗？在台湾，还是在朦胧的西子湖的晨露中呢？

枕边已湿透了一摊泪水。她不禁可怜自己的脆弱与落寞。她原不是个好哭的人，尤其是当老师以后，当着学生每天得说些积极人生的励志哲学，每天得面带严肃的笑容，这笑容在她脸上像结了一层硬壳，绷得她面部的肌肉非常地疲乏。回到寝舍，才把这层硬壳剥去了，剥去后对镜子照照，面容却又如此地苍白憔悴。眼角的皱纹与嘴边两道隐隐约约的细沟，刻下了她十四年无热无光的岁月。尤其是那被赞为翠黛沉沉的眉峰，与澄蓝似潭水的双眸，如今也一天天显得黯淡了。她的泪水不住地从眼角滴下来，湿透的枕头，浸得她面颊凉沁沁的。她不能再躺着了，她坐起身，望望窗外正挂着一钩淡月，把疏疏落落的树枝的影子投在窗帘上，这朦胧的光影又逗起了她的梦。她侧身在抽屉中取出一个玛瑙图章，默默地一遍又一遍地念着上面的篆体字："长沟流月去无声。"这是她请心逸刻的,她永远不会忘记那一天她请他刻这枚图章时,心头的兴奋、紧张与羞涩。她也永远不会忘记心逸微笑点头答应她时,眼中的神情。他似乎在问她什么,又似在回答她什么,似在嘲笑她,又似在赞美她。那眼神啊,既威严而又和蔼,既洒脱而又矜持。使她心慌,使她迷惑,使她感到幸福,也使她感到心酸。真的,她每次见了他,就会一阵阵地心酸。尤其是那一次,他答应替她刻图章的那一次。

那是一个仲夏的傍晚,落日余晖散布在浓密的树荫道上,她在课后散步上西泠印社,看看碑帖。她正在打开一部石印的苏东坡手抄的陶渊明诗在欣赏,却见心逸远远地走过来,她连忙迎上前喊:"孙先生,您也来了。"

其实她刚听完他讲词选,下课后,她一直沉浸在他读词的铿锵音调里。带着半幻梦似的心情,来到这儿,没想到他也会出现在她面前。所以她喊他的时候,抑制不住声音的兴奋,他也一定听出来了。因此她觉得有点不好意思,脸也不免红红的。她每次面对他时,总是显得局促不安。

"我来选一枚刻图章的石头,还买一盒印泥。你呢?"

"我只是随便看看。"她手里还捧着那部陶诗。

"这不是真迹,没有意思。"他说,他对什么都一目了然似的。

"您替我选一本字帖好吗?"

"你可以学黄道州的字。你的字与黄石斋比较近似。"

"是吗?您不是也喜欢黄石斋的字吗?"

"有点像,但我看的各种碑帖多,已经变成不知什么体了。"

"孙先生,我真喜欢您的字,我学您的字,可以吗?"也不知是哪来的勇气,她会说这么一句半开玩笑的话。

"学我的,真是取法于下,不知要变成什么样的字了。"

"孙先生,你肯为我画一幅荷花,题上您自己做的词,再盖上您自己刻的图章吗?"她已经把陶诗放回原处,随着他慢慢走到一片竹林中的石桌边坐下来。

"可以,不过得慢慢来,我应当把自认为最满意的东西给你。"他笑了,笑容里带着湖水湖风的清凉。她深深吸了一口气,似乎在吞下他给她的那一份清淡而又浓郁的情意。不知怎么的,她总意识着他对她有一份情意。这,也许是从他的眼神中感觉出来的。他的脸容原是非常严肃的:宽广的额,浓黑的双眉,一对闪烁的眼睛,使与他差不多年龄的男学生都有点怕他。可是她却时常好奇地向这对眼睛探索，当她的视线与他的接触时，她虽羞怯，却不躲开，因为她要用她的眼神告诉他，她是多么崇拜他，多么渴望他能多望她一下。起初，他把视线马上转开了，可是渐渐地，他看着她时，似乎在对她微微点头，赞许她的用心听讲。可是尽管如此，他的眼神是严肃的，带着一丝冰一般的寒意。她却对自己说："没有关系，到哪儿，我都要探索你的眼神，我要融去那里面的冰。"

冰渐渐被融去了，她相信。由于她火一般炙热的眼神不断地向他投望，由于她想尽种种机会向他请教，他应该感觉到这个女学生对他的迷恋。渐渐地他不再回望她了，他在逃避她的这份恋情。但是，为什么呢？为什么他要逃避呢？这原因她不久就清楚了。他已经结婚，有一位克勤克俭的旧式太太，更有一个可爱的三岁小女儿。知道了这些以后，她曾伤心地痛哭过，她对自己说，除了这一对眼神，除了他的声音笑貌，她不会再对世界上任何人着迷。而且她发誓要使这对眼睛，有一天能无所顾忌地望着她，悄悄地对她说："顽皮的女孩子，我懂得你的心意，别再这样望着我了好不好！"她就将倔强地说:"不,我要这样望你一辈子。因为望着你,我才感觉到自己有生命,有温暖,有爱。"可是这些话始终没机会说,因为他始终没有无所顾忌地望过她。

可是此刻,在寂静的西泠印社的竹林中,他是那么深深地看着她的脸,她的眼睛。他微笑着,不同于平常的笑,她似乎明白那笑里的意思了,于是她鼓足勇气说:"孙先生,您肯为我选一枚图章,替我刻几个字吗?"

他又点点头,问她:"你要刻什么字?"

"随便您,一句诗或是词都可以。"她又仰着脸,半醒微酡似的说,"我真喜欢您刚才教的那首《临江仙》:'长沟流月去无声,杏花疏影里,弄笛到天明。'多么悠闲,却又是多么孤高寂寞啊。"

"唔,恰似苏东坡的'拣尽寒枝不肯栖,寂寞沙洲冷。'词人总是寂寞的。"

"您寂寞吗?"

"我不算词人,"他又对她一笑,他没想到她会这样坦率地问他,"何况我忙于读书,还来不及想到寂寞。"

"听说您有一个可爱的小女孩,为什么不带到杭州来呢?"

"我父母亲年纪大了,内人要在家侍奉二老,女儿得跟着妈妈。"

"您真幸福，孙先生。"

他又笑笑，他承认他是非常幸福的，可是这微笑使她心酸。她希望他说："也不见得，人，总是在追求着一种得不到的东西的。"但他没有那么说。他是不会对她那么说的，她知道。他是她的老师，他又是那么矜持、高深莫测的一个人。他对任何人都不会说出心里所想的事情的。他们对坐在石桌前，晚风吹着竹叶，飒飒作响。这里很静，没有什么游人经过。这是个谈心的好处所，她原可把心事向他倾谈，但她又不想说了。她想话还是别说出来的好。他教她词的时候，总是说上乘的作品必具有含蓄的美，深意常在欲言未言之间。这是他对词的看法，也是对生活的看法。因此，她只淡淡地说：

"孙先生，就请您替我刻'长沟流月去无声'那一句词好吗？"

"好，等你学好了画，用这枚闲章来补白。"

"画，您肯教我吗？"

"我只是偶然画来消遣，没有功夫的，不能当你的老师，你的天分高，应当从名师学习。"

"我不要成画家，我也只要像您似的，画荷花与竹子。"

"婉若,人应当发挥自己的独到之处,不要随他人脚跟,学他人言语,那是没有意思的。"

他忽然摆出一脸的严肃,语重心长地说。眼中那一丝似询问又似答复的神情完全消失了。她心中一震,立刻站起身来说:

"孙先生,我们回学校吧。"

他们沿着湖堤回学校。一路上,潮湿的湖风吹拂着她的脸,夜色渐浓,她已看不清楚走在她身边的人的脸,但她感觉得到他那份带有歉意的微笑,她不想再逗他说话了。回到宿舍里,她无缘无故地淌下了眼泪。

第二天上他的《论语》课,她就一直低着头不朝他看,只听他满口的仁呀智呀地讲解,她不喜欢听,这种课恰恰与他头天傍晚说那句时一样,不像他讲词时充满了感情。她一直没抬头,却似乎感到他曾好几次把目光投向她。当天晚上,他问她:"婉若,你今天有点不舒服吗?"

她笑着摇摇头。

"到我屋里来取那枚图章,已经替你刻好了。"

"那么快?"

"你既那么喜欢这句词,我就连夜给你刻了。"

"谢谢您,太谢谢您了。"

她随他到了寝室。去他屋子,这不是第一次,但这是第一次他正式邀请她。他的屋子很小,很凌乱,桌上、椅上、床上全是书。每次她都想替他整理一下而又不好意思,一个有学问的人就是这么乱的。

"你要喝什么茶,清茶还是红茶?"

"您还有两种茶叶?"

"嗯,都很好,是云南的雨前茶与茶砖,夏天宜于喝清茶,冬天喝红茶。"

"那我就喝清茶,我自己来泡。"

"水瓶里的水不行,我来煮。"他插上了电炉,"煮茶应当用炭火,用电炉就差劲了。茶有助文思,令人清心,所以我要用好茶叶,可惜这儿的水不好。"

"西湖的水还不好?"

"你看多混浊,一定要虎跑或九溪十八涧的水才好。"

"您这样讲究喝茶吗?"

他笑着点点头,眼中那一丝似询问又似答复的神情又回来了。

他在抽屉里取出一幅画说:"打开看看,送给你的。"

她打开一看,原来画的是一个美人,依着一树疏疏落落的杏花在吹笛子。

"孙先生,没想到您还会画仕女。"她赞叹地说。

"这是我写的'杏花疏影里,弄笛到天明'的词意。盖上'长沟流月去无声'的章,你以为如何?"

"太好了,太好了,谢谢您,孙先生!"

他已经为她沏好清茶,她捧在手中,一阵阵清香扑鼻。那清香一直浸润着她的心田,直到如今。可是她现在桌上摆的是一杯冷冰冰的白开水。她陡然像从一个温馨的梦中被惊醒过来,眼前景色迥异,那幅美人吹笛图,竟于匆忙中不曾带出来,幸得这枚图章还在手边,足供她绵绵地追忆!

"婉若,"她听他悠扬的声音喊她,"我也喜欢这三句词,这表示一种执着的情操。尽管长沟中月影无声地流去,而她只顾弄笛,忘了夜深,忘了时光的流转,不觉已到了天明。这是风露终宵之意,你觉得如何呢?"

她站得靠他那么近,她但愿能倚在他胸前,抬头仰望着他,对他说:"我懂这词的深意,我也更懂您的深意。"可是她没有说,她只偷偷抹去眼角的泪珠,转脸望着窗外说:"孙先生,您看西湖的夜色多美。"

心逸默然半晌，然后叹息了一声说："婉若，你真好。"

这三个字，包含了千言万语。她懂得，她不必再问什么了。她放下杯子，拿起画与图章，就回自己宿舍了。那一晚，她流了一夜甜蜜的泪水。如今想来，她是多么地傻，她为什么一句都不问他就走开了呢？她不是渴望着他说爱她吗？她为什么反而自己躲避开了呢？

又是一次他们一同喝茶的情景。那是她毕业以后，在杭州最后一个严冬天气。那时局势已经很紧张，他特地约她去他宿舍喝茶。窗下的梅花枝上，压着沉甸甸的雪。他在屋中生起炭火，二人冒着雪，在腊梅花枝上撮下了积雪，丢在小瓦壶中，用云南茶砖煮了一壶茶，倾出来的茶红似醇酒，香味浓烈。他端一杯放在她手心里，说："尝尝看，临湖赏雪，雪水烹茶，这才是真正的品味人生。"

她把杯子捧在手心，闻着香味，眼睛望着满是雾气的玻璃窗外。湖上的水、天、山色，都是一片朦胧的白。她再回过脸来，望着他，心里在搜索适当的词句，对他说出当时的感受。可是她搜索不到那恰当的字，只是喊了一声孙先生又默然了。

"婉若，希望你好好保存那枚图章，连同那幅画。因为——人生聚散无常。"

"怎么，您要离开这儿吗？"

"哦，我要回故乡看看，也许把家眷接出来。"

"假使老人家不愿出来呢？"

"那我就留在那儿照顾他们，因为局势不太好。"

她的心在往下沉，沉向一个凄冷的幽谷。她没有心情再问什么，只是默默地啜着那杯红茶。茶更浓，也更苦涩了。

"再给你加点热开水，腊梅花上的雪水，恐怕别处不容易有。"

"我不会离开杭州，无论局势怎么乱，我也不打算离开。我年年可以饮腊梅花上的雪水。"

"别说傻话，婉若，你太年轻了，环境的剧变又不适宜于你。我不要紧，安顿好老人以后，可以设法走。"

"您可带家眷走吗？"

"当然可以，先向南走，然后到台湾。"

"到台湾，那么如果我也去台湾的话，我们还可以见面。"

"是的，婉若，无论如何，你应当走的。记得你以前做的一首诗吗？'今夕灯前珍重别，天涯处处月明多。'我很喜欢你这两句。"

"现在恐将成谶语了。"

"不会的，将是月明处处。我们会再见面的。"

她抬头望了下窗外，一轮圆月正挂在高空。这是台湾的明月，也是杭州湖上的明月，他现在是否正在望着这轮明月呢？

"我等你，孙先生，我一定等你来。"她是这样回答他的，心跳得很厉害，她想说："此生我不会再为第二人等待。"可是她咽下去了，也咽下了一口苦涩的红茶，和着苦涩的泪水。

"婉若，你真好，可是我……"他没有说下去。

"你怎么样？"她迫切地追问。

"没有什么。我感触很多，心很乱，我只希望你到台湾以后，能够比现在快乐，我们若能再见面时，希望看见你明朗的笑容。"

"我能吗，孙先生？"她心里喃喃着，"一切都在你。只要你对我说一个字，只要你肯放弃一切，去台湾。"

她永远不会说出这样的话的，她的教养，她的道德观念不容许她说。尤其是对心逸，她不忍心说。

他们就那么怅怅惘惘地分手了。不久,局势更紧,她随着姑妈一家离开杭州了。到火车站是深夜三时,车站上逃难的旅客惶惶然地乱挤着,行李堆得像一座座小山。母亲喊,孩子哭,一片混乱,顿时使婉若心慌起来。每天躲在家里,或是去宁静的西湖边,一点也没感觉到战乱的情景,今天她才知道自己的决定是对的。火车班次已乱,随到随开,也不知车什么时候会来,车上有没有空座位。她和姑妈、表弟都手提行李,准备随时挤上车去。她望望黑黝黝的火车轨道,又回头望望车站进出口处。她在盼待心逸能忽然赶来,因为她曾写信告诉他,也许明天一早走,却没有想到临时提前,来不及通知他了。但她多么盼望他来。他说过风露终宵那句话,难道他不能为她等一夜吗?

　　车来了,人潮涌上去,失望而心慌的她被抛在后面,姑妈喊叫她,表弟彬如奔来扶着她挤上去。行李从窗口扔进去,车上黑压压的满是人,车门口也挂了一串的人。她挤不上去,结果被表弟送上敞篷的堆煤货车上,汽筒里吐出来的煤烟熏得使她窒息,也睁不开眼。可是她还在望车站进口处。车马上要开,他不会来了。但当车开始蠕动时,她看见他了,他急忙奔进来,绝望地到处张望，她挥手大声喊他，可是他听不见。他跑到后面车厢去找了，咳，心逸，你为什么不早一点点来，早一分钟也好！现在太晚了，车越开越快越远，一切都在烟雾中迷失了。

那一片迷糊的烟雾萦绕着她的心头，直到如今。烟雾中只有一个印象是清晰的，那就是心逸的身影。可是十四年了，心逸没有来台湾，他没有遵守诺言，他不会来了。可是他现在怎么样了呢？

婉若在抽屉里取出印泥，这只是一盒普通的印泥，颜色暗滞，哪有她在西泠印社买的印泥好。可是她在匆忙中竟不及收拾这些心爱的东西。那是一个精致的红木小盒，盖面上刻着篆字。朱红的印泥色泽鲜明而含蓄，正中有一片四方的飞金。这是他特地为这枚图章买的，却偏偏没有带出来。她用图章在这暗滞的印泥上按了一下，盖在一张白纸上，"长沟流月去无声"几个字笔力依然，而色泽黯然，这不就是她现在的心境吗？

已经深夜四点多钟了，她收起图章，和衣倒在床上，拉上被子随便地盖着，靠在枕上蒙眬睡去。醒来时，阳光已涌进窗帘，疏疏落落的花影，洒落在书桌上。她看看腕表已经七点半，吃早餐的时间也过了。宿舍里静悄悄的,她才想起今天是星期天,原答应星期六就去姑妈家的,可是这样的无情无绪,不去也罢,好在姑妈一向不勉强她的。

她正在对镜梳洗的时候,门外走廊里响起了脚步声,那是一种轻快的脚步,她分辨得出来,是彬如来了。彬如怎么这样早就来了呢?他一定又是逼她回去的。

门敲了两下,声音很柔和,显得彬彬有礼,她答应一声"进来",彬如进来了,爽朗的笑容,关切的眼神,询问的语调:"婉姐,您这么早就起来了?"

"你这么早就来了?"她反问他,望了他一眼。他不常喊她婉姐的,当着人,他总喊她表姐,可是今天他又喊婉姐了,她听来特别亲切入耳。她感觉到自己明明很喜欢见到彬如,但两人相对时,她又躲躲闪闪的,有一种被怜悯的感觉,这是她最受不了的。彬如的英俊、洒脱、快乐,越发使她感到自己老了,他的关注,越发使她不安。

"来抓您,怕您跑了。"他顽皮地说。

"我跑哪儿去,哪儿我也不想去。"

"妈昨天等了您一下午,今天一早就要我来请您,要您一定回家。"

"我头有点痛，不想动。"

"又来啦。昨晚上一定又没睡好。"

"赶着批改作文本子。"

"您就只想把自己埋葬在工作里，不要轻松一下吗？记不记得今天是什么日子？"

"今天？是——星期天。"

彬如指着自己的鼻子尖说："猜猜看。"

"今天？"婉若回头看看挂历，阴历二月十六，"哦，我想起来了，是你的生日。"

"对啦，我的三十五大庆，您都忘了。"

"今天是十六，昨天是十五，怪不得月亮那么圆，那么亮。"

"您昨夜一定一个人在赏月，是不是？"彬如看了下她的眼睛，微微有点肿，他向她会心地笑了一下，"妈常说十五月亮不及十六圆，今晚才是最好的。"

"哦，花好、月圆、人寿，都被你占完了。"

"谢谢您，但愿如此，您居然说这样吉利话，妈听了可高兴了。"

"怎么，难道我常说丧气话吗？"

"可不是，您常常叹气，妈就担心。"他已坐在书桌前，拿起那张盖着图章的纸:"比如说这句词，就有点——有点萧瑟。'长沟流月去无声'。什么叫作流月呢？我就不懂，我也不喜欢。"

"我非常喜欢，我还打算命名我这小房间为流月楼呢!"

"不好不好，婉姐，还不如叫作留月楼好。"

"世上什么留得住？你真傻。"

"我傻，但我看您比我更傻。"

"算了，我不跟你咬文嚼字了，你先出去，我换件衣服就走。"

彬如点头出去了。婉若被他三言两语的，说得也不由心里轻松多了。她淡淡敷上一层脂粉，换了件紫罗兰色的旗袍，披上一件淡灰色毛衣，这是她特地为彬如穿的，因为今天是他的生日，这件毛衣是他从海外带回来送她的。

她走下楼梯，彬如站在校园里观赏花木，满院的扶桑和美人蕉开得鲜艳夺目。彬如看见婉若换了浅色衣服，披上他送的毛衣，不由得笑逐颜开，喊道:"婉姐，您实在应该穿这鲜明颜色的衣服，老是穿蓝的黑的干什么呢?"

"我喜欢那颜色,今天是为你穿的,因为是你的大寿呀,而且也让姑妈高兴点。"

"谢谢您,婉姐,您真好。"

他也说"您真好"。这是心逸说过多次的话。她的眉峰不由微微一蹙,敏感的彬如似已感觉出来了。

"又在想什么了?"

她没有回答。

"刚才我对着这明媚的春光,倒胡诌了两句不通的句子,把流月改为留月,'小楼一角,留月待君来。'如何?"

"好得很,想不到你也做起词来了。"

"我也不知是诗还是词,反正,我是被您传染了。不过,我总觉得做这玩意儿伤神得很,还是玩玩山水的好。今天我为您安排了很好的节目,去碧潭划船拍照,晚上看电影,回家后再消夜赏月。"

"一定还有很多客人。"

"您是我唯一的客人,我和妈说好的,今天只我们一家三个人,尽一日之欢。"

"一家三个人",彬如的语调是如此地款切、真挚、热情,使她不由得不感动。

"好,我们一定高高兴兴地玩,为你庆祝快乐生日。"

"别忘了您自己的生日就在下星期六。"

"你记得这么清楚,我自己完全忘了。"

"妈跟我都不会忘记的,下星朝六可得早点回来啊。"

她点点头,她的心像沉浸在温馨的醇酒里,昨宵一夜的凄凉寒冷都被彬如的笑语朗朗驱散了。

他们并肩走着,脚步声在光滑的柏油马路上拍打出和谐的韵律。将近家门的时候,在树阴密布的人行道上,彬如渐渐放慢脚步,眼睛款款地望着婉若,轻声地喊了声婉姐,却又不说话了。

"你要说什么?"

"我想问您,'流'月和'留'月,究竟哪一个字好?"

"都好。"

"那么,从今以后,我恳求您收起那颗'长沟流月去无声'的图章,我再为您刻一颗新的'留月待君来'。"

"你一个研究理工的,还酸溜溜地学做词,学刻图章?"

"生活的情趣原该是多方面的,我也喜欢旧诗词,偶尔玩玩可以,只不过别太伤神了。我倒很喜欢顾贞观赠吴汉槎《金缕曲》里的两句:'词赋从今须少作,留取心魂相守。'婉姐,留取心魂相守该多好。"

婉若默然良久,抬头望望晴明的天空,青翠的树木,嫣红的花朵。十四年来,她第一次重新感觉到春光是如此明媚可爱。她脉脉地回头望着彬如,低下了头。

"婉姐,您的眼睛像碧蓝的潭水。"

"你也这么说吗?"

"有人这样赞美过您吗?"

"没有。唉!也许有,但我现在已经记不清了。"

梅花的踪迹

　　冰霜未尽先娇媚，芳菲欲动偏回避。原不识春愁，负他月一钩。　　缟衣邀共折，素袍应同惜，犹有最高枝，何妨止手迟。

　　　　　　　　　　——《菩萨蛮》

　　三十四年秋，抗战胜利，我随着浙江大学从龙泉回到杭州，因浙大师范学院借西湖萝苑（即哈同花园旧址）

开课，我就住在临湖的水阁里，得与国文系教授丘老师晨夕晤对。丘老师是一位词人，也是画梅圣手，恰巧我也是对梅花有偏爱的人，在龙泉时，就曾于课余跟他习画。回杭州以后，在那样的秀媚湖山里，更是画兴盎然了。可是丘老师很少画，也很少谈画理，他书斋壁上悬的是他十四年前的手笔，上面就题着这首《菩萨蛮》。一派高雅飘逸的神韵，使一室都浸入恬淡柔和的气氛里。我不胜钦羡地注视着它，问丘老师是什么灵感竟使他画出这样美的画，他微笑着点点头说："这确乎是一种特殊的灵感，而这灵感似乎永不能再回来了。因为那时候，我是真正接触到梅花温柔的心，做了她的知己，倾全心灵画了这幅画。"

"丘老师，这里面有故事吗？"我忍不住问。

他又是微笑着点点头，可是微笑里带一点黯然，他没有继续说下去，我也就不敢再问了。

清晨或傍晚，我陪丘老师沿着湖边散步，对着晨曦暮霭里锦绣般的西湖景色，丘老师眼神里好像冻结着一层浓重而神秘的忧郁，目光越过淡蓝色的远山，望着无垠天际的某一点，似乎在找寻什么东西。抿得紧紧的嘴角，老挂着一丝丝惆怅。看着他这副神态，我有点茫然。

冬天来了,冻结在他眼神里的那一层神秘的忧郁反而融解开来。他爱大雪,尤其爱在雪地里跑。他要我陪他在平湖秋月看湖上的雪景,又从对面的树阴道穿到孤山。孤山的梅花含苞待放了,丘老师总在花下俯仰低回,依依不忍离去,我深深感到丘老师对梅花的爱好,一定不是寻常的感情吧!

有一个下午,天气奇寒,室内的温度降到了零下,天空飘起雪来。我们从玻璃窗里望出去,粉妆玉琢的远山近水,好像缩小在一只玲珑的水晶球里。纷飞的雪片,有着梦一般的凄迷。

"大雪来了,梅花也开了,可是我看不见在一片雪光中冉冉而来的她。"丘老师忽然幽幽地自语着。

"丘老师,她是谁呢?"

丘老师把望向远处的目光收回来,看了我半晌说:"你有兴致喝酒吗?"

"好,我去暖。"我立刻高兴地回答,因为我知道丘老师将和我叙述他的故事了。

等我把酒暖了来,丘老师已经在书簏里取出一幅画与一张女孩子的照片,他先把照片递给我说:"你看看。"

接过照片,啊!那一对藏在长睫毛里的眼珠,像刚刚出现在海上蓝天的星星,是那么清明而遥远。更有那两颊上浮动着笑靥的一对酒窝,我能用什么字眼来形容呢?我只觉得在那一刹那,上帝才真正赐予我幸福与智慧,我才懂得什么是真正的美了。

"丘老师,就是她吗?"我问。

"嗯!美吗?"

我不能回答,因为什么话都不能说出我的感想。

"当我在之江大学任教时,她跟我学画。"

"她现在呢?"

"在一个大风雪的早晨,她失踪了。"

"失踪了!"我吃惊地喊。

"哦!为了找寻春天里第一枝开放的梅花。"是丘老师低沉的回答。

他又慢条斯理地打开那幅画,把画轴递在我手里,拉开来看,原来是一位穿紫红短袄青灰裤子的妙龄女郎,两肩垂着辫子,亭亭地站在幽静的湖边,秀媚的眸子,注视着两树压雪盛放的梅花。上面题着一行字:"红与白,娇难别,天涯影里胭脂雪。"

这幅画不完全是国画的情调,却又不是西洋写生画,那意境会使你忘却现实,忘却人间一切的不如意,而进入另一个完美天堂一般的境界里。

丘老师指着画中女郎说:"这就是照片里的女孩子。她的名字叫阿梅。"

"她是之江的学生吗?"

"不是,是我在幽谷中发现的一枝梅花,你相信吗?她就是一枝梅花。"丘老师边说边把画挂起来。

"快点告诉我吧!丘老师。"我被他的神情语调激动了。

直等到他有了几分醉意以后,才慢慢地说出以下的一段故事:

1930年,我在之江大学任教,那学校的环境真是太美了。我的房子,在山腰的最僻静处。每天大清早,都跑上山头看日出,遥望西子湖与钱塘江在胭脂似的朝晖里,闪烁着万点金波。然后从山背后寻着幽径回来,一路上,欣赏许许多多不知名的山花杂树,回来后便乘兴挥毫。你知道,我的画是想写下花木的一派天真,可是我也常常笔不从心,颓然搁下了。

有一个严寒的傍晚,我正在呵冻作画,画笔在纸上左右不如意,心中正是烦躁,忽见雾蒙蒙的玻璃窗外面,有一个人影在晃动,我连忙放下画笔跑去开了房门问:

"是谁？进来吧！外面太冷了。"

一个女孩子一跃跳进屋子，目光像流星似的在屋子的四周画了一道圈，又落在我的画纸上。

"先生，您在画什么？"她的声音是那么清脆，像珍珠滚落在玉盘里。

"我不知道自己在画什么，我简直不能画呢！"我懊丧地回答。

"先生，您愿意和我去看看吗？"

"看什么？"

"您来！"她不等我说什么，就一把拉住我跑出屋子，我也忘乎所以地随着她跑。这突如其来的小姑娘把我惊傻了。她究竟是谁，拉我到哪儿去，我都没有来得及想。我们一直跑了好长一段山径，凛冽的寒风迎面刮来，可是她愈跑愈快，双颊绯红，两片朱红的嘴唇紧闭着。

"小姑娘，你要我到哪儿去？"

她不马上回答我，却把两根乌黑的辫子甩到肩后，伸手指着山径尽头的一幢小茅屋说："那就是我的家，先生，你看见屋那边一株梅花吗？"

我眯着眼睛望去。果真离茅屋一丈路左右，有一株婀娜多姿的梅花，在沉沉的暮霭里，显得寂寞而孤高。

"先生，您能答应为它画一幅吗？"她边走边问。

"你这样喜欢它？"

"哦！它是伴着我一起长大的。"她天真地笑了，露出玉一般的细牙。

我们已经走进茅屋，一个中年男子迎出来，惊诧地对我看看。我正不知道自己该怎么说，那姑娘抢上前去喊道："叔叔，我找到一位画家了。"

"先生，请里面坐，您尊姓？"那男人和蔼地问。

"我姓丘，您呢？"我这才想起还没问过那姑娘的姓名。

"我姓韩，"他回头看看正在端茶出来的小姑娘说，"她是我的侄女，叫阿梅。"

"韩梅。"我低低地念着，眼睛不由得注视着她，她十六七岁，完全是乡村姑娘打扮，在柔和的烛光里，她那圣洁美丽的脸容，像是突然出现在你眼前的梦影，让你的思想远离尘世，而陶镕在灵的境界里。她没有一般女孩子的娇羞，却又不是狂野。眼里闪着一种似憧憬又似抑郁的光。皮肤像雪光映在梅花瓣上，透着淡粉红的亮光。这样一个女孩子，生在这样幽静的处所，是天公有意的安排吗？

我呆呆地思索着，是韩梅的叔叔唤醒了我。

"丘先生，您喝口热茶。"

"韩先生，她的父母亲呢？"我问。

"她的父亲也是一个画家，到处流浪，有一天，他把她带给了我们，托我们把他唯一的女儿抚养大，他又去流浪了。我们不知道他的母亲是谁，现在在哪里。"他叹了口气，又接着说，"这孩子的性情很古怪，她就爱天天守着那株梅花。她总想有人能把她和梅花的影子摄取在一起，今天她找到您了。"

阿梅依在叔叔身后，静静地微笑着，笑里带着对我的恳求与信托。

"好，阿梅，我一定给你画。"我感动地说，"可是要你帮着我。"

"谢谢您，丘先生，我怎么帮你呢？"阿梅跑过来蹲在我身边。

"要你常常在我面前，看见你我就能画了。"我从心底里涌上无可掩饰的喜悦。

"真的吗？"阿梅满心欢喜地大笑起来，她的叔叔也笑了，一阵暖和包围了我。

外面忽然有女人叫阿梅的声音，阿梅的笑容顿敛，却拉着我说:"丘先生,往这边走。"

她带着我从后门走到那株梅花树边,天已渐渐黑了。阿梅双手攀着花枝,感激地说:"丘先生,您真好。"

"你怎么会找到我的?"我不免好奇地问。

"我已不止一次站在你窗外看你画画,只是没有被您发觉罢了。"

"你这样喜欢画画吗?"

"我不懂,可是我喜欢看你笔尖上开出来的花朵,这些花朵,在梦里我都见过。"

"你读过书吗?"

"嗯!"她点点头,"叔叔有不少书,可是越读越使我不了解的更多了。"

"你要知道些什么?"

"我说不出来,"她微喟了一声,"比如说月亮和星星为什么不能老闪亮在天空,梅花为什么开了又谢,爸和妈的形象为什么从不曾在我心里显现过,婶婶的脸容为什么老是那么阴惨惨的……"

"阿梅,你想得太多了,那些不知道的就永远让它不知道吧!"

"可是画就不是这样,你一定懂得这大自然,懂得爱花,懂得爱草木,然后你把你所想的向他们诉说,全心全意托付给他们,不是吗?丘先生,我每次看您画的时候,您的容貌简直像神仙。丘先生,您能教我画吗?"

"你就是画,你融合在大自然里,美极了,宇宙只配为你存在……"我没有再说下去,我觉得这些歌颂都太庸俗,反而会玷污了她。

她并不理会我的赞美,仍是半梦幻似的望着黑沉沉的天幕,半晌不做一声,她又在想什么了。

"阿梅,天黑了,我先回去,明天就给你画,好吗?"我说。

她感激地点点头,又拉着送我一段路才回去。

我寻着曲折的山径回宿舍,树木在寒冷的夜风中放散着浓郁的芳香,山林的清气把我的心胸洗涤得纤尘不染。怀着一颗丰裕的心,我默默地走着,恍惚于刚才的奇遇是仙境而非人间。阿梅好像并不是我刚刚认识的女孩子,她应该是我原已蕴蓄于心灵深处的感情之泉,又好像是我相知有素、阔别多时的知己,不经意地分离,又不经意地重逢了。

我跨进房门,一眼看见刚才的纸笔还摆在桌上,画了一半的松树,慵懒地伸着笨拙的腰肢,枝上拖着几根零乱的枯藤，我一下把它团在手心里。"多么可怜，多么贫乏，这也是画吗？它也是你心灵的创作吗？"我喃喃地讥讽着自己，又像饮了醇酒似的兴奋起来，在屋里来回踱着。从那一刻起，我才恍然领悟自己原有一颗丰满的心，才懂得把心中所有的全部倾泻在画里。

整一夜，我做着断断续续的短梦，天微亮就起来，展开纸，拿起笔来，笔锋在纸上不能停留，因为那不是我的手在画。我只觉得孕育在心灵深处的一枝梅花兀自飞跃而出，挺秀中见柔媚的枝干伸展开来，疏疏密密的丰盈花朵，吐着缕缕淡绿的花蕊，使我觉得大雪纷飘的后面，正是春天的消息近了。

"丘先生！"是那么亲切的一声呼唤，阿梅不知何时已站在我后面了。

"阿梅，你来得这么早，你进来我一点也没听到。"

"您一支笔出神地飞舞着，我也看得出了神呢！"

放下笔，两手按着她的肩，再仔细地端详她，她穿着一件紫红短袄，青灰色绸裤，辫子松松地垂在两肩，天使般的笑容里，嵌着两个深深的酒窝。我凝视着她，又看看纸上的梅花，仿佛她已跃进我的画里了。

"阿梅，我这就给你画。"

"不，我要您先陪我到山上跑跑。"她娇羞地说，"我爱初升的太阳，清早的雾，和在雾里开出的花朵。"

"好。"我说。

她牵着我的手臂，像一只迷失已久的小鸟，重又飞返母亲的身边，跳跃着，歌唱着，是那么地依恋亲昵，快乐天真。

我们走过一段木桥，桥下流水潺湲，她停足伫立了一会儿，若有所思地问：

"丘先生，您说这水流向哪儿？"

"流向江河，流向海洋。"

"您看钱塘江水是那样地奔腾汹涌，我常常想爸和妈一定随着滚滚的波涛而去，永不回来了。"

"你很想念爸爸和妈妈？"我问她，一面走到一座茅亭里坐下来休息。

"我想我总该有个根，我是从哪儿来的呢？您看我屋旁那株梅花，静静地长着，风霜雨雪都摧折不了她，她是属于这寂寞的深山幽谷的。"

"你也是属于这深山幽谷的，你和梅花秉承的是同一种气质呢！"

"真的，那么我一定能和梅花一样地坚贞美好了。丘先生，您高兴有我这么一个孩子吗？"

"没有法子形容我是多么喜欢你。"

"丘先生，您真像我的爸爸。"

"你记得你爸爸吗？"

"记不得，我太小了。可是我能想象，我的爸爸应该就是您这样的人。"

"你叔叔对你不错吧？"

"很好，可是他太把我看成个不懂事的任性孩子了。"

"这还不好吗？"

"我不只要求那样的爱，我有许多梦想和憧憬，他都不懂。还有婶婶，唉！别去说她了。总之，我想世界上真有美丑的话，她应该是属于丑的一面了。"

"阿梅，你懂得太多了。"我茫然找不出话来宽慰她。

她悠然叹了口气，跨出茅亭向前走去，遥远天边乌黑的云层已透出绛紫色的光，树林中的寒雾渐渐散开，太阳快出来了。我们急急爬上山头，看跳跃的金盘已自东方的山坳里冉冉上升，金光照在阿梅紫红色的衣服上，与洁白而微红的脸颊上，她露出了在热切盼望中得到十二万分安慰的笑容，恰如正在虔诚祈祷的圣女，望见了神灵的光芒。

绚烂的云彩渐渐地散开，太阳升高了，阿梅向着另一条羊肠小径指着说："往这边下去！"她就很快地跑了。我在后面远远地跟着，跑到山脚下，她忽然停住脚喊起来："丘先生，快来，您快来呀！"

"什么？"我诧异地问。

"您看！"她把手一指，原来在两山合抱的一块洼地嵌着一个圆圆的小湖，湖水清澈平静，令人惊喜的是湖边竟有两枝梅花，一枝兀立着，一枝弯曲到水面，在阳光里显得那样雅淡悠远。我也不禁大喜地喊道："太好了！我从没有发现这个好地方。"

阿梅快乐得不能说什么话了，她跑到树下，只是昂首欣赏着，半晌才和我说：

"丘先生，我们天天来这儿好吗？"

"好！"我兴奋地点点头，虽然我知道到这儿来有一大段山路，可是为了阿梅的兴致，我是绝对不辞劳苦的。

"给它取个名字好吗？"

"就称它梅湖吧！这是你的地方。"

从此以后，阿梅每天都到我宿舍里来，无论是大风大雪，都没有间断过。可是梅湖却非得天晴才能去，因为山路太滑不好走。阿梅来时，就看我画画。我一口气给她画好这幅在梅湖达的画，她真是高兴极了，她对着画凝思地说："丘先生，这地方太好，我要永远守住它。"

我教阿梅画画，她领悟得真快，运笔色调布局，经我略一指点，淡淡几笔，就画得出神入化。有时我真感到自己的指点是幼稚而多余的，且不免自惭庸俗。因为阿梅是山川灵秀之所钟，她不仅是天才，也是美的化身，除了她，没有人配歌颂美了。

冬天过去了，浓郁的春意点染了山林，梅花谢去，随着吐出了嫩绿的叶子。山中百花都抢着开放出灿烂的奇葩。我带着阿梅在附近各处游赏，因为她不愿跑得太远，不愿见外界的生人。秦望山、九溪十八涧、六和塔，印下了我们重重叠叠的足迹。我们的心灵交融为一，我觉得过去没有阿梅时的生命是空洞的。我爱阿梅，像一个园丁培育他辛勤栽植的幼苗，是那么纯真恳切，像白雪不着一点尘埃。我们但愿终生相守，剖腹相示。

山中的岁月是简朴的，绝没有尘世的烦扰忧愁。我们的心也是一片安宁恬适，阿梅半幻梦似的忧伤也因我的开导而渐渐淡去，她的画更是日见进步。可是她有一个古怪脾气，就是画了画拿起来看一会儿就撕去，我总想把它抢下来，她说："何必呢？我只是为了画出内心的情绪，有时我自己都捉摸不定那瞬息千变的情绪，又何必要把画保留下来呢？"这一点，常使得我异常不快，我预感到一种不祥之兆，阿梅仿佛是雨后的一缕彩虹，她与你是那么接近，你却眼看着她在遥远的天边渐渐隐去而无法追寻。与她在一处，就好像睡梦将醒未醒之时，意识已在模糊中告诉你那是一枕将逝的短梦，而无可奈何的心情却只有恍惚与怅惘。因此我格外珍惜我们相聚的每分每刻，而每次与她分手都有着难以言喻的惜别之情。

春天、夏天、秋天，像五彩的图画，在我们眼前掠过去，整个宇宙好像都为我们增加了变幻。对于朝晖暮霭，潮落潮生，阿梅都有着不同凡人的看法与感慨，而对于因时序更换的花开花谢，她却于伤感中怀着希望地说：

"梅花是一年里最迟开放的花，所以百花虽然萎谢，我总在期待中。"

"梅花带来了第二年春天的消息，所以她应该是春天里最早开放的花。"我说。

"唔！"她点点头，眼里露出欢愉的目光。

冬天又披着雪白的羽衣降临了。阿梅特别爱冬天，她红润的两颊闪亮的眸子，会融解你周身的冷气，给你更多的温暖。

有一天，下着大雪，阿梅画完画后，我捧着她冻得红肿的手问：

"冷吗？"

"不冷，"她摇摇头说，"丘先生，你怕冷吗？"

"有你做伴，我永远是暖和的。"

"那么陪我去梅湖好吗？"

"下雪，路不好走吧！"

"瞧您，都没勇气。"她噘起小嘴。

"好，去吧！"我只好依从了。

我们先是手拉着手，身子靠得紧紧的，在风雪中挣扎着走向梅湖，山径被雪遮没了，两边树枝压得低低的，身子插过去，大块的雪落在我们的头上颈里，阿梅抓起来用力扔向树梢，又纷纷撒下许多雪来。阿梅放开我的手，轻快地跑着，大笑着，我却蹒跚地追在后面喊："阿梅，慢点走，小心滑倒啊！"

她好像没听见，只是一味依着斜坡向下飞奔，在照眼的雪光里，她好像张开翅膀的天鹅，愈飞愈远。我眯着眼望去，只见阿梅的身影缩得小小的，仿佛她将在这银色的帐幕里消失了，我心头陡然涌上一层难以形容的恐慌，好像阿梅就将如此舍我而去，永不再回来了。

等我转了个弯，才看见她已站在粉妆玉琢的梅湖畔，扬手向我招呼。我跑上前去一把拉住她的手，却又感到她的手是那么纤细，纤细得几乎会在我手心中化去，刚才那一种立刻会失去她的感觉，又不禁涌上心来。我怔怔地望着她，她像是一尊白玉的雕像，又像是一朵正开放的昙花，给予我的印象究竟是永恒还是短暂，我意识不出来，可是我的眼睛却被泪水模糊了。

"丘先生！"阿梅微微惊讶地喊。

"阿梅，你能永不离开我吗？"

"我没想过这问题，丘先生，我们既然是这样谈得来，总应该是天天见面的。"

"如果我离开这里，到别处去呢？"

"您愿意带我去吗？"她睁大了眼睛恳切地望着我问。

"只要你肯，还有你叔叔婶婶肯。"

"他们不会来管我。"停了一下，她忽然又幽幽地说，"可是我屋旁的那株梅花，还有梅湖呢？"

"难道你永远守在这个地方吗？只要你放眼寻求，春意是充满人间的。"

她朝我微笑着点点头。

第二天,阿梅携来这幅她自己的照片,递给我说:

"丘先生,我只有这一张照片,送给您。"

"阿梅,你太美了。"我接在手里说,"可是你怎么想到送我一张照片?"

"我昨晚回去想想,您待我这样好,您又是那样愿意和我在一起,可是万一我们分离了呢!"

"我们是不应该分离的,你为什么那样想?"

"世上的事情是很难预料的。"她微喟地说。

"阿梅,我决不离开你,如果你舍不得这个地方,我就陪着你,一辈子。"

"真的?"她彗星样的眸子里闪着泪光。

我像慈父样地拥抱着她,轻轻掠开她额前的短发,无限温情地吻了她的额。我感受到一种超人间的难以言喻的安慰,甚至觉得纵使如我所预感的,阿梅一旦突然舍我而去,我也不会悲哀与失望,因为阿梅给予我的信赖与情爱,在我的生命里已倾注了永恒的幸福,上帝赐予我的已超出了寻常的爱,我再没有空虚与愿望了。

一个阴沉的下午,冻结的天空笼罩了整个山头,我正笼起火等阿梅来。阿梅忽然像幽灵似的,无声地跨进门来，脸色苍白，颊上满是泪痕。

"你怎么了，阿梅？"

"丘先生，"她竟是呜咽不能成声，半晌才说，"婶婶把我的梅花砍掉了。"

"砍掉了，为什么？"

"她不喜欢我，因而也讨厌那梅花，丘先生，那树上已满是花苞了。"

"阿梅，你不要太伤心啊！"

我紧紧抱着她。她悲切地抽噎着，又抬起迷惘的泪眼望着窗外阴暗的天空，灰色的层云在飞速地飘动，她的脸容愈加如石膏像似的惨白起来。我从来没有看见阿梅如此绝望悲愤的神色，我的心不由得颤抖起来。

"阿梅。"我低低地喊，却说不出话。

"丘先生，您知道那梅花是伴着我一起长大的啊！"

"我知道，可是你现在心痛也没有用。还有梅湖呢！梅湖的梅花，一定会开得更好。"

"哦！"她忽然想起来似的抬起头，"丘先生，陪我去梅湖好吗？"

"天气这样不好，明早好吗？"我是怕她脆弱的身体受不了恶劣天气的影响。

"好,明早吧!"她微微有点失望,却没有坚持。

"阿梅,你爱梅花,梅花就活在你心里,它虽然外形萎谢了,生机是永存天地间的,一切都是如此,不只是梅花。"

"您要是眼看着它倒在雪地里那凄惨的形状,您也会伤心的,婶婶是有意砍碎我的心呢!"

她又啜泣起来,任我百般抚慰,她总是郁郁不欢。趁着天还没有黑,我陪她回家去,一路上,我挽着她的手臂,像牧人带领着他的小羔羊,慢慢儿在树林里走着。快要到她家的时候,她忽然转脸问我:

"丘先生,您说梅花是春天里最早开放的花,它是在迎接春天的来临吗?"

"是的。"

"我一定得陪着它,不能再让人戳伤它了。"

在她家门口,她又紧紧捧着我的手说:

"丘先生,明天早晨,您在家等我啊!"

我忧郁地望着她的眼睛,在黑暗里,我感到她的眼睛里放着异常的光,好像是望穿了眼前暗黝黝的一片,一直望到了另一个世界去。泪珠凝在长睫毛上,弧形的嘴角紧抿着,无限的感伤、盼望、决定都逗留在那儿,可是她没有再说什么。

"阿梅,天冷,进去吧!"我低声地说。

她依依地放开我的手,迟缓地迈步走进屋子。这异乎寻常的依恋,又使我心中一阵难受,我也想陪她进去,但因时间不早,只得转身回来。

这一夜,我被阿梅的泪眼所困扰,在断续的短梦里,我又恍惚看见阿梅憔悴的面容,有如被砍倒萎谢在雪地里的梅花,云一般的乌发披散开来,狂奔地扑向我怀里。我惊醒过来,又好几次听见房门上的剥啄声,开门出去,却什么也没有,只有刺面的寒风。

天微亮,我就起来等阿梅。风雪愈来愈大,我在屋里不安地徘徊着,时针一分一刻地过去,直到临近中午,还不见阿梅来,不祥的预感提醒着我。我心慌起来,阿梅病了吗?我披上大衣,急急忙忙地奔向阿梅的家,在半路上却见她叔叔迎面跑来。

"丘先生。"他喘着气喊,"阿梅到您那儿去了吗?"

"没有,她不在家?"

"她天没亮就跑出去了,到现在没见回来。"

我愣愣地站着。

"内人砍掉了她的梅花,又为一点小事责骂了她,她叹息哭泣了一夜，一清早竟不知上哪儿去了。丘先生，您知道她还有什么地方可去吗？"

"梅湖，一定是那儿。"我说。

"梅湖？"他茫然地问。

"随我来。"我拉起他飞跑。山中一片迷茫，扑面的风雪使人寒冷得窒息，我心里慌张，脚步踏不稳，常走的路也迷失了方向，爬过了许许多多的山涧溪流，迂回辗转地找到了梅湖。可是梅湖静穆地沉睡在风雪中，冰冻的湖水深得没有底，两枝梅花吐着蓓蕾，安详地摇摆着。阿梅是否到这儿来过，一点痕迹也没有。陡的一个可怕的意念掠过心头，我狂喊起来："阿梅，你到哪儿去了？阿梅，你回来啊！"可是万籁无声，阿梅的音容消失在庄严的寂静里，一阵悲痛，我几乎晕倒了。

"这孩子的性情古怪，不会出什么事吧？"他叔叔也着急起来。

"等着吧！她会回来的，她总会回来的。"我颤巍巍地说，心里空洞洞的，像跌在深潭里，什么也看不见，什么也想不起来。

一天、两天，一直到无数天，阿梅没有回来，她究竟到哪儿去了，谁知道呢？我早已感觉她像一缕彩虹似的在我眼前出现，又渐渐在天边隐去，我本来就抓不住她啊！我把她的照片摆在案头，挂起了梅湖的画，一年来的情景依稀都在眼前，阿梅的声音笑貌萦绕在我周围，一股凄凉的亲切之感沁透心田，我再也止不住滂沱的眼泪了。

有一个深夜，我梦见阿梅来了。

"丘先生，"她伏在我肩上柔情地低唤，"为了找寻春天里第一枝开放的梅花，我冒着风雪跑向梅湖，我赶上了。丘先生，春天已在梅湖的花枝上了，我将不分年月地守在梅湖边，再不让任何人去伤害它们了。"

次晨，我恍恍惚惚地到了梅湖，果然高高的枝头上梅花开了。阿梅梦也似的笑靥，浮动在花心，她凝睇注视着我。我抚着花枝，吻了它。清寒的冰珠沾在我的嘴唇上，又是一阵凄凉的亲切之感。

丘老师的故事说完了，他抑扬顿挫的声音把我也带入了梦境，我竟不知此身究竟在何处。停了半晌，他端起酒来慢慢地喝着，脸上泛起一丝微笑，他又接着说：

"你能说这是一场幻境吗？阿梅能是幻境里出现的仙子吗？可是这照片，这画又是哪儿来的呢？我明明听过她婉转的娇音,捏过她纤细的手,可是倏忽之间,她竟就不见了……"

我只是默默地听着,因为此时我心头的空虚恍惚之感,正不亚于丘老师呢。

"阿梅究竟来自何处,去向何方,我不知道,我也无须追寻。因为她不是从人间来,自不会久驻人间。在这宇宙太空中,应有她的栖息之处,这一处不属于过去、现在或未来,永不感染人世的悲欢离合,爱憎贪痴。那是她以爱和美交织成的永恒世界,我将寄托我的心灵在那永恒的世界里。"丘老师又继续喃喃地说。

"丘老师,回杭州以后,您去过梅湖吗?"

"去过了,"他叹息了一声,"可是我竟找不到旧址,连阿梅的家也找不到,十余年的离乱,竟使湖山也改了旧时模样,人世的沧桑,是多么令人感慨啊!"

雪花无声地飘落着,窗棂被风吹得咯咯作响,是不是阿梅冒着风雪归来了呢?我开门出去,四顾茫然,但见一片白皑皑的高山,找不到一点梅花的踪迹。我回头看丘老师神情悠然地对着梅湖画面,仿佛阿梅正从那画里姗姗而出了。

爱・浮世

琦君

我忘不了阿玉。我们现在生活在两个完全不同的世界里,不知道阿玉的那条乌篷船是不是还能自由自在地载着她到处漂浮啊!

阿　玉

阿玉来我家的时候，我们都还是孩子。

那是一个红日衔山的傍晚，农夫们都背着锄头回去了，我却泡在后山边水田里摸田螺，满手满脚全是泥。我把篓子里的田螺倒在石头上，一五一十地数着。抬头却见一个梳着两条粗辫子的姑娘，一声不响，睁着圆圆的眼睛朝我看。她穿着水红绣黑花的布衫，茶绿色裤子。看样子比我高一点点。我向她眨眨眼睛问："你是谁？为什么站在这儿看我?"

"我叫阿玉,我今天到这座大房子里来了。"说着,她伸手指指我家那两扇朱红大门。

"这是我家呀,你到我家来了?"

"嗯,婶婶领我来的,说是卖给你家当丫头了。"

我听了一知半解,丫头是干什么的?我家为什么要买丫头呢?我把田螺倒回篓子里,抹了抹脸上的水珠,爬上田岸,阿玉忽然咯咯地笑起来。

"你笑什么?"我有点不高兴。

"你脸上全是泥,像个魁星。"

我也笑了,跑到溪边,双脚跳下去,捧起水来洗脸洗手。

"我有手巾。"她说着从红布衫口袋里掏出一块蓝白格子布仔细地替我擦,"这儿还有泥哩!"

"你几岁了?"我摸摸她的辫子问。

"十二岁,你呢?"

"我九岁,我得喊你姐姐哩。"

"不,你不能喊我姐姐。婶婶说,到这儿来,除了猫和狗,谁都比我大,因为我是丫头。"

"丫头?"我茫然地望着她,她的眼圈儿红了。我就知道当丫头绝不是好玩儿的,我拉着她的手亲热地说:"我们就都喊名字吧,我叫小莺,妈妈一定会喜欢你的。"

她冲我笑了。她笑起来很甜,嘴巴只有一点点大,我后来常常叫她鲳鱼,因为鲳鱼的嘴很小。她的鼻子圆圆的,脸也是圆圆的。皮肤很黄,像是刚生过病的样子。我们并排儿坐在溪边石头上交谈起来了。

"婶婶为什么要把你卖到我家来呢?"我问她。

"家里穷,连白薯都吃不饱。"

"你爹妈呢?"

"早死了。"

我心里很难过,看她也想家了,就攀着她肩膀说:

"我家白米饭很多,你以后可以吃得饱饱的了,我妈会待你好的。"

她点点头。我们起身沿着田岸回家,她给我提着田螺篓子,泥水都滴在她茶绿色裤子上了。我忽然发现她走路一瘸一拐的,就奇怪地问:

"你脚疼吗?"

"刚裹了脚,又放开的。"

她穿着青布滚红绿边的尖头鞋子,前头跷得高高的,鞋底都卷上来,后跟倒下去。

"你的鞋子太小了,你看我。"我伸了伸自己的大脚丫子说,"你为什么要裹脚呢?"

"我本来天天上山帮叔叔砍柴,有一天脚给刺刺疼了,灌了脓,一步也走不动。婶婶说我偷懒不肯上山,说不去砍柴就裹上脚在家里做姑奶奶吧!姑娘家迟早要出嫁,一双大脚板有谁要,倒不如趁早给裹上。不过我裹脚已经算晚了,我婶婶的孩子七岁就裹上了,脚才秀气呢。"她看了看自己的脚,似乎还不胜惋惜的样子,她又皱了皱眉头说:

"真苦,婶婶说我脚太大,把破碗片子研碎了和着菜籽油包在我脚底下,要我踩着走,我疼得直叫,幸得叔叔看见,拿起剪子给剪了。后来因为卖到你家,听说你家要大脚的好跑路,婶婶才赶紧给放开了。"

我听她说出这许多我从来也没听到过的苦事儿,她的婶婶对她这样不好,又想起自己家那个绷着脸儿的姨娘,心里不由打了个寒噤。我轻声地问她:

"你知道我家有个姨娘吗?她很凶,打扮得像只花公鸡。"

"是不是四方脸儿,鸡毛似的一撮刘海挂到鼻子尖上的那个?"

"就是她,我顶不喜欢她了。"

"我就是她买的呀!婶婶说我以后就管侍候她。"

"你就侍候她?"我气得直跺脚,"真糟,为什么不侍候我妈呢?"

她惶惑的眼神望着我问:

"你妈妈是谁,她能要我吗?"

"我妈是大太太,"我跷起大拇指得意地说,"姨娘是偏房,人家说大太太可以管偏房的。可是我妈不爱管,姨娘就一天比一天威风了,一家子就只爸爸一个人喜欢她。这次我可要去求妈了,我要妈把你要过来,你不要当什么丫头,跟我一同读书。"我一路走,一路十分有把握地摇摆着身子。

回到家里,我就抱着妈的颈子喊:

"妈妈,为什么您不要丫头呢?"

"我哪儿要丫头呢?"妈说。

"您把阿玉要过来嘛!"

"傻孩子,她是姨娘出钱买的呀。"

"她侍候姨娘一定会挨打的,妈,您要了她吧!"

妈妈以怜悯的目光看看阿玉,阿玉也露出满脸恳求的神情,仰头望着妈。可是妈摇摇头说:

"不成。孩子，各人管各人的事，她要买丫头，你爸爸又许她买了，我怎么跟她去争呢？"她摸摸阿玉的头，"不要害怕，你只要好好做事，她也不会难为你的。有什么不知道的，你来问我好了，事情做完了，就跟小莺一同玩儿。"

阿玉的眼里已满是泪水，她似乎意识到不幸的命运就将来临了。我也怅怅地与她对望着，深感爱莫能助。就挽着她的手，悄悄地走向后院的果树林中去。我采下一个透红的李子递给她，她向我笑笑，塞在口袋里。

第二天清早，我一醒来就想起阿玉，赶紧起床到厢房楼下去找她。她老早起来了，红布衫茶绿裤子平平整整地折好放在枕头边，却换了一身蓝底白花的旧布衫裤，坐在床沿上发呆，看我进去，高兴地站起来问：

"小姐，您知道二太太什么时候起床吗？"

"还早得很呢，起码要太阳晒到那堵白墙。"我指指院子那边的围墙。

"那不是要吃中饭了吗？"

"可不是，阿玉，你现在别管她，我先带你玩儿去。"

"不，我不敢，我要在二太太房门口等着，她昨天吩咐我说，喊一声，就要答应，不许跑开的。"

"不会有这么早的,你放心,我带你去看一个好地方。"我不由她分说,拉了她手就跑。跑出前面大院子,跑过一道边门,又穿过一条满是紫藤花的幽径,到了一座嵌满了五彩玻璃的大花厅里。那花厅四面的门全上了锁,只有一扇小门的锁是坏了的,自从被我发现以后,就常常躲到这里来看故事书,与小朋友们捉迷藏。

阿玉似乎有点眼花缭乱,她伸手轻轻摸摸那些紫檀木桌椅,啧啧地赞叹着说:

"真滑,真光。小姐,您真得意哩。"

"有什么得意?你不知道,我一点也不快乐。"我十分烦恼地说。

"您也不快乐?"

"阿玉,我要统统告诉你的,我要跟你好。还有,你不要喊我小姐,喊我小姐,我就生气了。"

"那怎么可以呢?老爷太太听见了要骂的,我是丫头呀!"

"又是丫头丫头的,我不要你记着这个名字;你跟我不都是一样的好女孩子吗?妈妈疼我,她也会疼你,我们长大了都要孝顺她。"说着,我拉着她的手,走到一面嵌砖镜的大屏风前,并排儿站着。她穿着蓝底白花布衫裤,我穿着白底红花布衫裤,我们都梳着两条辫子,看上去真像亲姊妹呢!阿玉睁大了眼睛,对着镜子呆看了半天,又回头看着我,把我的手捏得紧紧的。

"阿玉!阿玉!"外面传来叫喊的声音。

"怎么办,在喊我呢?"阿玉惊惶地跑出花厅。

"不要紧,是长庚伯。"我仔细听了一下。

"长庚伯是谁?"

"他是老长工,他待我最好了。"

阿玉这才宽心地笑了笑。长庚伯走过来了,一看见我们,又高兴又生气地说:

"这两个小东西,我就知道你们在这儿。阿玉,二太太起来了,快去吧。"

阿玉吓得拔脚就跑,长庚伯又喊住她说:

"小心点,别滑倒了,我陪你到厨房里帮你把热水壶提上楼,你还提不动呢!"

我跟着一同出来,奇怪地问道:"长庚伯,为什么姨娘今儿起得这么早?"

"新造毛坑三天香,新来了个丫头,就得早点起来使唤。"他忽然叹了口气,"只不要过不了三天就打她才好。"

我着急地攀着他的手臂轻轻地问。

"她会打她吗?"

"谁保得了呢?从前阿香不就是给打跑的吗?那时你还小,记不得了,唉!都是苦命的孩子。"他又低声地叹息着。

到厨房里,长庚伯提了大水壶,阿玉跟在后面,战战兢兢地经过道走上楼去。我望着她的背影消失在楼梯转角,心里着实为她捏一把汗。

一直靠近吃中饭的时候,阿玉才提着空水壶下楼来,我连忙问:

"她怎么样?阿玉,事情都做啦?"

"做了!"她用袖子抹了抹额角与鼻子尖的汗珠,脸孔红扑扑地,"老爷跟二太太都起来了,二太太教我叠被子、擦水烟筒、倒痰盂,还抹了房间扫了地。"

"你都会吗?"我关心地问。

"我小心听着,一样样地做,她倒没骂我,只瞪着眼睛看我,她的眼睛好大。"

"有一道凶光。"我撇了撇嘴。

她噗嗤笑了。

"还好,她对我笑了好几次,说我是个傻丫头,还给了这花儿，你瞧。"她指着胸前挂着的一对白兰花与一圈茉莉花。

"这是昨天的，院子里有的是。"

"她说过，叫我天天清早采了，照样儿用铁丝穿好，送到她房间去，放在床边。"

"我帮你做好了，我会，妈妈的都是我做的。"

我马上带她到花园里，一样样的花儿指给她看，许多我都叫得出名字，那都是长庚伯告诉我的。我采了朵开得正好的石榴花，插在阿玉的辫子根上，两条乌油油的辫子，衬着火红的石榴花，照得她的脸儿也丰润光泽了。我不禁羡慕地喊："阿玉，你真好看。"

"哪有您好看，您有新衣服穿。"她指着我的花布衫。

"我请妈妈给你做。"我说。

阿玉感激地看着我说："大太太待我真好。"

阿玉总是一天忙到晚，脸上渐渐笼罩上一层恐惧不安的阴云，我几次问她为什么，她都摇摇头不说。

妈妈给她缝了好几件新衣服，可是她都没有穿，我问她为什么不穿，她说：

"二太太不让穿，她说我是侍候她的，要什么穿的戴的，她会给，用不着大太太操心，我就不敢穿了。"她忽然握住了我的手悲切地说，"小姐，她常常打我，还拧我的手膀子，您瞧都紫了。"

"你怎么没告诉我？"我摸着她发紫的印子怜悯地问。

"我怕你难过。"她抹着眼泪。

我领了阿玉走进妈妈拜佛的经堂里，那儿静悄悄地没有一个人。我们把门窗都关上了，并肩儿坐在蒲团上，靠得紧紧的。我低声地告诉阿玉自己的种种苦处，最后我叹了口长长的气说：

"阿玉，你不要难过，我跟你差不多，我常常看见妈背着人淌眼泪，我也只有跟着哭。"

"老爷为什么要再讨二太太呢？"

"就为我哥哥死了，说我女儿家不中用，要讨个二太太来生儿子。我长大了一定要争口气，阿玉。你也要争气，长庚伯说的。现在的世界是男女平等。"

"我没读书，一个大字不认识，哪好跟您比呢！"她懊丧地说。

"从今天起，你就认字，我教你，我已经读到第四册国文了，我把第一册拿来教你。阿玉，你一定要读书，读通了书，就不会受人家欺侮了。"

"现在读还来得及吗？"她的眼睛发出了光亮，小嘴巴张得开开的。

"怎么来不及,爸爸说爷爷十五岁才认字,后来还中了秀才呢!我以后一天教你两个字,慢慢儿就会了。"

从那以后,阿玉趁着老师出去了,就伏在我旁边看我写字。起先我一天只教她两个,后来教到五个,她认得很快,也学着描红抄书,一年以后她就认了不少字了。

一天,阿玉正在高声念书,我的三叔一掀帘子进来了。他看见阿玉,吃惊地缩住了脚,阿玉更羞得绯红了脸。我叫她不要怕,说三叔还是我的学长哩。因为三叔原是乡村小学的毕业生,而这个校长就是教我的老师。阿玉低着头一眼都不朝他看就跑了,三叔望着她走远以后就回头问我:

"她也读书了?"

"嗯!是我的徒弟。"

"二嫂对她还好吗?"

我摇摇头。

"她几岁了?"

"比你小三岁。"

"这么好的姑娘给人当丫头,真可怜。"

"三叔,你也把她当丫头看?"

"我并没有。我很同情她,小莺,我们以后可以一道玩吗?"

"当然好,不过千万不能给姨娘看到,给她看到,阿玉跟我都要挨揍了。"

"我知道。我以后带你们去划船、钓鱼。"

我乐得什么似的,晚上告诉了阿玉。阿玉却连连摆手说:

"不好,我不去,我不能去。"

一个静悄悄的星期天下午,老师因事进城去了。三叔做了一根细长钓鱼竿,又掘了蚯蚓,要我赶紧做完功课,就催着阿玉去钓鱼。阿玉起先总是不肯,但经不起三叔再三怂恿,才趁着姨娘睡午觉时,大着胆子和我们一同去了。我们和长庚伯约好了,姨娘的中觉可以睡上两个钟头,万一喊了,就请长庚伯把那扇朱红大门打开,我们看见门开了,就让阿玉赶紧跑回家。

我和阿玉手牵着手跟着三叔走过竹桥,到了小河边,在树阴下蹲下来。这是初秋一个清朗的好天气,蓝色天空里几朵白云在飘动,深绿的河水平静似镜,把三个人的倒影分明地摄在水底,阿玉的脸蛋儿越发显得圆润可爱,两条辫子油光发亮地垂在两肩。她今天穿的是一套枇杷襟印花布衫裤，是姨娘的旧衣服改的。我悄悄地问她：

"阿玉，你那套红布衫儿绿布裤为什么总不穿了？"

"那是我从自己家带来的一套衣服，前襟的花还是我妈给做的哩。我要收起来做个纪念，现在穿也太短了。"她忽然叹了口气，"到你家已经三年多了。"

我知道阿玉又想起自己是丫头而不快乐了，可一时又想不出话来说。回头看三叔，却见他正在呆呆地望着阿玉。阿玉被望得低下了头，拾起几片树叶子丢向水面，搭讪着说："看，鱼儿来吃饵了。"

"没那样快呢！"三叔说。

"三叔，这玩意儿太气闷了，没意思。"我说。

"哪像你野孩子就会摸田螺。"

我咯咯地笑了，阿玉也笑了。三叔在学生装口袋里取出一本儿童模范故事，递给我说：

"小莺，这本书送给阿玉，你教她读，她一定喜欢。"

阿玉从我手里接过书去，羞怯怯地说：

"我哪儿读得懂这样深的书呢？"

"你这样聪明，不要几个月就全会了。你把这一本读完了，我再给你买新的。"三叔说。

"谢谢你,三叔。"

正说着,钓丝的浮沉子一下子被拖下去两个,三叔把钓竿轻轻握在手里,斜着慢慢地抽过去,抽得钓竿头子弯下来,钓丝绷得紧紧的,然后使劲向上一提,一条银色跳跃的小鱼在太阳里闪着光。我高兴得直跳。阿玉帮着收回钓丝,把鱼摘下来放入水桶里。"还是鲤鱼呢!"她抬起头来说,晶莹的眼珠望着三叔。我发现三叔一对碧清的眼神正在痴痴地看着她,阿玉的双颊顿时起了一抹红晕。

我们玩得正高兴,却见长庚伯气喘吁吁地跑来,隔着河岸大声喊:"你们怎么了?我把大门开了半天,不见回来,二太太起来了。"

我这才记起,原来我们玩得高兴,根本忘了去望那扇大门。阿玉吓得脸色都变了,三步并成两步地跳过竹桥飞奔回去了。

三叔看阿玉从那笔直的小径蹍去,消失在朱红大门里,才卷起钓丝,无精打采地提起水桶说:"我们也回去吧!"

他又看看小鱼在水桶里孤零零地摇摆着尾巴,忽然把水桶向河心一倾,鱼又放回河里去了。

"您怎么不要它了?"我问。

"放它自由吧!为什么把活泼泼的生命关闭起来,多残忍。"

"我们自己家也有池塘,放在那里面多好?"

"那水是死的。"他的眼睛仍望着那两扇朱红大门,"小莺,记住,鱼要养在活水里,人也是一样的。"

他雪白整齐的牙齿咬着薄薄的下嘴唇。我默默地提着钓竿,随他回到家里。长庚伯在厨房里忿忿地捶着桌子,看见我们回来,带着责备的口吻告诉我说:

"小莺,你们闯祸了,阿玉给打得好惨。"

"怎么了?"三叔着急地问。

"二太太骂她越来越野,胆子也越来越大,不守在房门口,竟野到外面去了。拉起她辫子就向墙上撞,额角都青紫了一大块。现在大太太在给揉呢!"

我急得眼泪都掉下来,三叔捏着拳头一句话不说就转身出去了。

我赶紧到厢房里去看阿玉,她哭得泪人儿似的,满脸浮肿,额上一个大包,妈正在给她敷消肿油膏。妈埋怨我说:"你以后不要再拖阿玉出去了,免得她挨打。"

"妈妈,难道阿玉一会儿也不能自由吗?"

"我是侍候人的丫头,有什么自由呢?"阿玉抽噎着说。

我挨着她坐下来,捧着她颤抖的手,想起刚才三叔把水桶里的小鱼放回河中时脸上的神情,止不住酸楚地说:"阿玉,我以后再也不钓鱼了。"

一天,爸爸和姨娘进城去了,我趁着阿玉在收拾房间,也跑到他们房里去玩。东张张西摸摸,却不小心把一个景泰蓝小花瓶打翻了,滚落在地上,捧起看时,肚皮上已经剥落了一小块。我着急地说:"怎么办呢,阿玉?"

阿玉呆了一下,忽然想起什么似的笑着说:

"小姐,不要紧,这伤疤老早有了,不是您打的。"

"是真的?"我心里像掉下一块石头,一会儿就把这事忘了。

当天下午,爸爸和姨娘就回来了。第二天,整整一个上午,都没见阿玉下楼来,中饭也没吃,直到晚上,才看见她低着头走进厨房,我赶紧上前拉着她的手问:

"阿玉,你怎么一天都没见?"

"二太太从城里买回好些东西,要我一样样给理好放好。"我看她的脸有点浮肿,走路时腿一弯一弯的。

"理东西要一天?你骗我,你又挨打了,是不是?"

"没有,只是有点不舒服。"她摸了摸额角,又摸了几下腿。

我扶她回屋子里躺下,呆呆地坐在她床边。

"你太累了。"我说。我觉得她一对疲倦的眼睛,只是看着我,那里面似有说不尽的情意。

她微笑着摇摇头说:"不累,小姐,您去吃晚饭吧!我躺一下就好了。"

我只得走出来,可是我心里有点纳闷,阿玉为什么在楼上忙一天,忙得中饭都不吃呢?上完夜课回屋时,却见长庚伯拿着那个景泰蓝花瓶走下楼来。

"小莺,"他轻轻地喊着我说,"阿玉今儿一定又挨了打。"

"你怎么知道的?"我望着他手里的花瓶,就知道事情不妙。

"老爷叫我明儿把这个带到城里去修补,说是二太太心爱的东西,阿玉给打破的,你想二太太还会饶她吗?"

"长庚伯,这是我打破的呀?阿玉还骗我说本来就是破了的,怪不得她今儿一天没下来,指不定给揍得多苦呢!"我泪水直淌下来,急急忙忙跑到阿玉房里,阿玉面向里睡了。

"阿玉,阿玉,"我摇着她的身子,她转过身来惊惶地看着我,"花瓶是我打的,你为什么自己认了?阿玉,你已经够苦了,你还要为我受罪。"

"小姐,这算不了什么。"她爬起来搂着我喃喃地说,"我已经习惯了,打得再凶点也不要紧。可是我舍不得您挨骂,您是犯不上挨她骂的。"

"阿玉,"我忍不住大哭起来,"我看你腿疼,她一定又罚你跪了半天,还不让你吃饭!"

她点点头,我们脸靠着脸,眼泪都混合在一起了。

阿玉病了,是胃痛,又发热,一定是罚跪气出来的。妈熬了浓浓的午时茶给她喝了,又为她浑身擦过生姜,出了一身汗,热慢慢地退下点了。我一上完课就跑到她房里,坐在床沿上陪着她。她呻吟着说:"小姐,您出去,二太太看见了要骂的,说你跑到下人房里来。"

"我不要她管,我妈妈还叫我来陪你呢!"

"我有病,屋子里气味大。"

"不要紧的,我要在这里嘛。我给你念书,你那本模范故事呢?三叔送给你的。"

阿玉一双手颤抖着,百般珍重地从枕头下面抽出书来递给我，含着泪水的眼睛朝我看看，笑了，那笑容既妩媚又凄楚。我翻开第一页，就是匡衡凿壁偷光的故事。我把图画先向阿玉解释了一遍，她静静地听着。我看她在不认得的字旁边已加了红圈圈，正要念给她听，她拿过去说："小姐，让我来念，您听听错了没有？"她一个字一个字慢慢地念，一课书全念下来，一个字儿也不错。我惊奇而又高兴地问："你怎么全认得了？这些打了红圈圈的生字谁教你的？"

"三叔教我的。"她把头偏了过去，兴奋而又含羞的样子，小嘴巴抿了几下。

"这个故事真好。"她又说，"一个人要在艰苦中努力，才有成就。他还教了我第二课铁杵磨成针的故事呢。"

我看着她红嫩像樱桃的脸儿，水汪汪的眼珠子充满了快乐，我也不由高兴地说：

"阿玉，三叔直惦记你呢！说不能进来看你，叫我问你好。"

"你们都待我这么好。"她眼圈儿一红，又掉下眼泪来。

"你哭什么？"

"我命不好,侍候了二太太,往后总不得好日子过了。"

"不会的,妈说明年爸爸要带她出门,她一走你就跟我妈了。"

"真的?那真要谢天谢地。"

"那时候,我们三个人自由自在一起玩,多好!"

"三个人?"

"三叔,你,我。三叔寒暑假都要回来住的。"

阿玉捧着那本模范故事,脸蛋儿愈加红得可爱了。

我虽然还只有十二岁,却也知道阿玉与三叔一定会非常非常地要好,因为阿玉一提起三叔就笑,三叔也总告诉我他是多么喜欢阿玉。

阿玉病好以后,三叔拿了个万花筒,玩给我和阿玉看。阿玉希奇得跳起来,翻过来倒过去地看。三叔说:

"你这样喜欢,我再给你做得漂亮点。"

于是他拆开用心地做起来,把三条玻璃裁得整整齐齐,又加进些五彩玻璃末,可是一不小心,把手指头割破,淌下好多血。阿玉急忙去抓了一把香灰按在伤口上,又连忙把自己的花手帕撕了,小心地给他包扎起来。当阿玉在忙着的时候,我看三叔只是咧开雪白的牙齿笑着,眼睛随着阿玉满处转。包好以后,他又起劲地继续做。他用闪亮的香烟锡箔纸包在马粪纸外面,围成一个玲珑光滑的圆筒。做好了,双手捧着递给阿玉说:

"送给你,阿玉。"

阿玉接过来对着阳光眯起一双眼睛看,小嘴儿笑得合不拢。

"万花筒的变化这样多,你看只略微一动,花样就变了。"三叔靠近她说。

"可是再怎么转,都转不回原来的花样了。"阿玉边转边说。

"转不回来的,阿玉,世界上的事都是这样,一转眼就变了样,永久不能再回来了。"

阿玉放下万花筒,凝视了三叔半晌,若有所思地说:

"真是这样的。我现在回想起从前跟叔叔上山捐柴火的事儿,就好像一场梦呢。三叔,您说我们现在一起玩得这么好,也会是一场马上就变得没有影子的梦吗?"

三叔的脸色忽然阴暗起来,却勉强笑着说:"别想得那么多,我是说着玩的。"

我站在一旁,听他们说着这些充满大人气的话,快快地埋怨道:"三叔你尽会教阿玉发愁。"

三叔拍拍我的肩膀笑了。

几天以后,三叔打开包扎好的手指头,创口已完全好了,却留下了个黑黑的印子,那是阿玉按上香灰的缘故,这个印子长在肉里,再也褪不掉了。

"怎么办呢?"我问。

"这不是很好吗?这是阿玉给我的纪念。"他冲我一笑。

我用手指划着脸颊羞他:"三叔,你真不害臊呢!"

阿玉看见了,伸手摸了下那印子,抿着嘴笑笑说:

"三叔,对不起,害你留下这么个难看的印子。"

"三叔说这印子才好哩,因为是你留给他的。"我俏皮地说。

阿玉打了我一下,扭过身子一溜烟跑了。三叔望着她娇小的身影,悄悄地跟我说:

"小莺,总有一天,我要让阿玉过自由快乐的日子。"

又是一年的端午节了,阿玉用五彩丝线做了各种各样的香袋给我,粽子、橘子、荔枝、鸡心。我胸前琳琅地挂了一大串。我把三叔拉到后院树林里,指指胸前说:"你瞧,阿玉给我的。"三叔伸手就摘下那个鸡心说:"这个送我。"

"你男孩子也要这个？"

"嗯，因为是阿玉亲手做的。"

我又划着脸儿羞他。阿玉也走来了，看见鸡心挂在三叔手指上，她向他一笑说：

"我这里还有一个。"说着就从里面口袋掏出一个来，是用粉红缎子与白绸子缝的，光彩夺目，却素净得没有绣一点花，她把它放在三叔手心里，垂着眼帘，柔声地说："这个送给您。"

"谢谢你，阿玉，你真好。"三叔把鸡心凑在鼻子尖上闻着。

"没有你的万花筒可爱，我一直把它放在枕头边上呢！"阿玉卷着花布衫衣角说。

"万花筒变成电筒了，可惜不会发光。"我在旁插嘴道。

"会的，它会发光。"阿玉忽然抬起头来，晶莹的眼睛望着树梢，"三叔，您送给我的东西都是那么好，那本模范故事，使我知道得比以前多了。我每天从头地念，还把它一课课抄下来，我已经都会背了。有时候晚上睡不着，我就在心里念着，觉得黑洞洞的屋子都亮了。"

三叔靠近阿玉，一手扶着她的肩膀，从树叶子缝里透进来的阳光细碎地散落在阿玉身上，像缀着钻石似的发亮。我看阿玉美丽得像仙女，三叔就像王子。我就悄悄地溜出来了。

我自以为懂得已经不少。有三叔这样一位小长辈随时给我教导，我也确实比别的女孩懂事得多。家里有一个令人心惊肉跳的姨娘，妈又是那么忧郁，复杂的家庭环境，使我对快乐与悲伤，都有特别的敏感。因而我对阿玉和三叔一天比一天要好的感情，就感到十二万分的欣喜。我甚至希望三叔快快毕业成家，把阿玉带得远远的，离开这个痛苦的家。我也希望妈妈能带我与他们毗邻而居，日子将过得多么快乐啊！可是孩子的希望只是可笑的幻想，而这个幻想的破碎又是出奇地快。

端午节后没有几天，忽然妈妈满脸泪痕地告诉我说爸爸和姨娘要带我去杭州，把阿玉也带去，妈却要在乡下收租。这消息像一个晴天霹雳，我吓得马上哭起来，只是跺着脚喊不去。可是爸爸说什么就是什么，妈都拗不过，我又有什么办法呢？我再也没想到爸爸就这么狠心地把我们母女拆开，又把阿玉与三叔拆开了。我呜呜咽咽地哭了半天，妈也只是流泪叹气。我偷偷地把不幸的消息告诉了阿玉。阿玉惊得呆愣愣的，半晌说不出话

来。我又赶紧写信叫三叔快来。三叔来了,我们三个人默默地坐在悄无人声的花厅里,三叔低沉着声音说:

"我也要求大哥准我转学到杭州去。"

"他答应吗?"阿玉渺茫地问。

"爸就是答应,姨娘不准,那就吹了。"我说。

"三叔,你还是读完了高中再说,现在突然要到杭州去,老爷会疑心,尤其是二太太。"阿玉说。

三叔咬着下嘴唇,紧锁双眉,我知道他和我一样也没有办法,因为他还是个中学生,没有自立的能力啊。

商量的结果只有忍痛别离,我们固可以给三叔写信,而三叔给阿玉的信却一时没法寄,因为寄家里怕姨娘拆了看,要等我进中学住了校,他才好寄到我学校里来转给阿玉。

就这样,我们在万分悲痛的情绪下依依地分了手。妈妈把几个银洋钱用红布缝得紧紧的,放在我贴身的兜肚儿里,再三叮咛,只送我们到后门口,就抹着泪转身进去了。三叔一直送我们进城上了轮船,递给阿玉一本《爱的教育》与一本作文范文,低声说:"小莺,好好教阿玉读书,多给我写信。阿玉,别难过,我相信我们不久就会见面的。"

阿玉的脸色惨淡无光，长睫毛里闪着泪珠，我也早忍不住哭了。三叔下船后，我们倚着船栏，望着熙攘的码头，望着即将带我们远离故乡的江水。我们这两个入世未深的孩子，已深深领受到人间别离之苦与孤伶无依的悲哀了。

到杭州以后，姨娘差不多天天打牌，使阿玉忙得连晚上都没有写字的时间，她只暗暗告诉我说：

"小姐，代我写信告诉三叔，说我很好。"她话没说完，眼圈儿就红了。

"我不能骗他说你好，你明明不好嘛。"我说。

"不要告诉他，小姐。他读书会没心思的。"

我懂得阿玉想念三叔正和我想念妈妈一样地苦。

一年后我考取了初中，马上搬到学校里住宿，阿玉当然更寂寞孤单了。幸得三叔三五天总来一封信，由我转交阿玉。我为了阿玉，每星期一定回家一次，阿玉早在大门前望眼欲穿了。三叔的信虽写得浅，却很长。阿玉总是兴奋地跟我一同看。看到情意缠绵之处，她的两腮微红，小嘴儿微微张开来，眼里含着泪水。

"阿玉，等三叔高中毕业，来杭州读大学就好了。"我安慰她说。

"日子还远着呢！"阿玉怅怅地说。

日子确乎太远了，希望又是那么的渺茫，就在这渺茫的盼望中，事情却起了意外的突变。

有一天，我回家来，门口却没有阿玉在等，我问用人，都说是二太太不知为什么发脾气，差人把她送回家乡了。我听了大吃一惊，又打听不出一点原因来，连晚饭也不在家吃就失魂落魄似的回到学校，立刻写信给妈妈和三叔，问阿玉到了没有。我想起五年来和阿玉相依相守，如今她竟匆匆地被送了回去，连个道别的机会都没有。我当时自是悲伤万分，我又如何想得到那会是我们的永别呢？

阿玉来信了，我看出她是在一路写一路哭的，她写道：

"小姐：二太太把我送回婶婶家了，她看了我枕头下三叔给我的信，狠狠地打了我，说我做丫头的还有这样大的胆子。小姐，我不知道是不是自己错了，我是不该跟三叔通信吗？

"我连想见您一面都不许，现在又被婶婶关在家里，不能去看大太太，更不能看三叔，我想是永远见不到他了。我把他送给我的万花筒捧在手里，想起他说的话，教我的书。他说一个人一定要忍耐刻苦，才会成功。我已经够忍耐，也吃了不少苦，可是我的命运竟就像万花筒，自己一点也拿不稳，变得太多也太快了。从前的事，真像一场梦呢！

"记得我刚到你家，你叫我'鲳鱼'，现在这条鱼已落在泥塘里，还不知能活多久哩！小姐，你我都爱哭，这以后，我哭的时候更多了。没有你和三叔给我指点，我觉得人活着真太空了。我没有法子给三叔写信，您代我告诉他，我是永远记得他的。"

我的泪水落在信纸上，和阿玉的点点泪痕混在一起。我为阿玉哭，也为三叔哭。我更担心阿玉今后的日子将怎么过。我奇怪的是：一样是女子，为什么姨娘竟有这样大的权威，操纵阿玉一生的幸福？三叔不能拯救她吗？我立刻写信给三叔，可是等我接到三叔的信，才知道阿玉回到婶婶家不及十天，就被迫嫁给一个贫苦的船夫去了。

我好像尝尽了生离死别的痛苦，不满十五岁的孩子，心头就有着如许重的负荷。阿玉的笑靥与泪眼，三叔忧戚的容颜，总是在我脑中盘转着。我不知道阿玉日后是不是会幸福，可是我相信她不会忘记三叔，三叔也会为她伤心一辈子的。

我初中毕业时,三叔已考取清华大学,去北平前来杭州看我,他高了也清瘦了,我们在落日余晖中,散步到西泠桥上。

"又到端午节了。"三叔说,"阿玉送你的香袋都还在吗?"

"我都好好收着呢!"我万分惆怅地说。

他从口袋里取出一个小小封套,打开来,里面躺着那颗粉红缎子白绸缝的小鸡心,依旧是那么娇艳洁净。

"小莺,那时你笑我男孩子也要这个,现在你该懂了。"

"我早懂了,三叔。可是阿玉……"我说不下去,早已是热泪盈眶。

"我没想到那次我说万花筒的话竟成谶语了,我没有能让阿玉过自由快乐的日子。"他沉痛地说,捧着那颗鸡心。我看他手指头上那一条香灰印子,还是一样地鲜明。我伸手默默地摸了下那印子,仿佛阿玉仍笑语轻盈地和我们在一起玩呢。

阿玉嫁给船夫后,还曾给我写了一封信来,她说她的家就是一条大乌篷船,她的心也老是那么晃晃悠悠地没有一点着落。她要我代问三叔好，也问我妈好。我把信转给三叔，可是我们都没法给她回信，因为她没有一定的家。从那以后，她就音信杳然了。

我忘不了阿玉。我们现在生活在两个完全不同的世界里，不知道阿玉的那条乌篷船是不是还能自由自在地载着她到处漂浮啊！